Paola Lasagna

C.K.
ci vuole costanza

MNAMON

Dedico questa mia prima
"prova di scrittura"
ai miei genitori
che, nel bene e nel male,
hanno fatto di me la donna che sono oggi

Capitolo 1

La radio stava trasmettendo una delle sue canzoni prefe-
rite "…don't let the sun go down on me…" e, parcheg-
giata l'auto di fronte al Campus, Costanza aspettò un po'
prima di spegnerla per finire di cantare le ultime note assieme a George Michael. Si guardò nello specchietto retrovisore, sbuffò sonoramente e spense la sua piccola e
vecchia auto. Poi si avviò decisa verso l'entrata dell'edificio principale con uno strano sfarfallio nel petto. Il caffè a
digiuno? La sigaretta fumata in auto coi finestrini abbas-
sati? Nervoso? Ansia? Presentimento?

Costanza aveva superato da un po' i quarant'anni e aveva
imparato a non porsi troppe domande in merito al suo
stato d'animo e tanto meno a quello del prossimo. Aveva
una personalità brillante e spiritosa, ma faceva un lavoro
di scarsissimo interesse. Pensava di conoscere molto bene
la gente, ma quasi ogni giorno la gente la sorprendeva
con banalità assurde. Ascoltava con attenzione le persone, ma spesso e volentieri i discorsi erano vuoti e super-
ficiali. Insomma Costanza era stanca. "Sono stufa, stufa
marcia. Ci vorrebbe qualche cosa di nuovo nella mia vita". Si ripeteva ogni giorno percorrendo le stesse identi-
che strade di Milano. Quella mattina però le circostanze
erano molto diverse. Tutto aveva preso una strana piega
fin dai primi istanti in cui aveva messo piede nella hall
del Campus.

Ancora prima di entrare, notò subito, attraverso le siepi
che costeggiavano i cancelli, che due macchine della polizia erano parcheggiate nell'area riservata alle auto dei

Direttori. "Buongiorno Vito" disse rivolgendosi al ragazzo della reception. "Cosa succede?" aggiunse, mentre passava il badge come d'abitudine, senza nemmeno controllare l'orario d'ingresso. "Buongiorno Signorina Kress, ma niente! Quattro agenti della polizia sono venuti questa mattina presto per l'incidente di quel bel ragazzo". Rispose Vito con l'aria più scazzata che mai, visto che non poteva leggere spudoratamente la Gazzetta come al suo solito, in quanto due agenti erano rimasti vicini alle auto e guardavano proprio nella loro direzione. A Costanza faceva sempre un certo effetto sentirsi chiamare per cognome, le ricordava gli anni passati in quel triste collegio in Svizzera, ma le faceva ancora più effetto quando qualcuno cominciava una frase con "nulla", oppure "niente" e poi continuava con dei fatti importantissimi.

Come al solito però fece finta di nulla e dando un'occhiata distratta al casellario della posta chiese "Ah sì, che storia assurda. Ma come si chiamava il poveretto?"

"Davide, Davide Lanza" rispose il giovane, sbirciando il giornale che teneva sotto il bancone.

"Poveretto, si sa che cosa è successo?" domandò a quel punto con deciso interesse.

"Ieri notte - saranno state le 21.30 o le 22.00 - è stato aggredito mentre era in uno dei laboratori per seguire uno dei suoi esperimenti. La donna delle pulizie, entrata in laboratorio, l'ha trovato in un lago di sangue, tanto che stava per svenire ed è scappata urlando. I colleghi che avevano appena iniziato il turno di notte hanno immediatamente chiamato l'ambulanza e poi sono arrivati i carabinieri per gli accertamenti. È stato un via vai tutta la notte. Ora ci mancava la polizia. Per chissà quanti giorni verrà a romperci le palle!" Dall'occhiata che Costanza gli diede, il giovane capì e aggiunse, quasi per giustificarsi, "Qui, Signorina, non si può mai stare tranquilli". Costanza alzò gli occhi al cielo "E ora? Dove l'hanno portato?". "Credo si trovi al Policlinico, ma non si sa molto". Mentre Vito stava controllando sui monitor a circuito interno che le volanti della polizia non ostruissero il passo carraio, arrivò sul suo scooter il Professor Comucci.

Costanza fissò i quattro monitor che rimandavano le immagini fisse sul parcheggio esterno, su quello interno e sul vialetto che portava fino ai primi edifici del Campus.

***

Il Professor Aldo Comucci era un uomo più verso i sessant'anni che i cinquanta, ma poteva averne benissimo anche quarantacinque: alto, slanciato, con i capelli lunghi e un po' sbarazzini per la sua età. Tutto poteva sembrare tranne che un professore di biochimica e fisica, stimato e conosciuto in tutta Europa per essere uno dei massimi esperti in molti comitati etici italiani e internazionali. In effetti, ciò che colpiva maggiormente era il fisico da atleta, un velo di abbronzatura perenne e lo sguardo con un leggero strabismo di Apollo che lo rendeva un tipo davvero irresistibile, nel bene e purtroppo anche nel male. Si era chiesto più volte anche lui, come del resto se l'era chiesto Costanza, quale fosse il motivo che lo tratteneva ancora in quel posto. Durante qualche incontro casuale ne avevano anche parlato e fra loro si era creata una sorta di velata confidenza. Aldo ne aveva passate tante in quegli anni al Campus e si era anche battuto come un leone per sopravvivere in quella giungla di ricercatori puri, convinti che il loro lavoro fosse superiore a tutto e tutti. Dal loro modo di porsi traspariva la convinzione che, prima o poi, il loro genio li avrebbe portati a trovare l'unica cosa per cui non solo erano diventati scienziati, ma per la quale erano proprio nati. Per molti di loro trovare la cura definitiva per sconfiggere il cancro era proprio una missione di vita, per altri invece questa ricerca era diventata la missione per acquisire fama, potere e ovviamente soldi, tanti soldi. Poi c'erano il Professor Comucci e quelli come lui che, in quel mondo di tanta scienza e poca coscienza, si erano creati una sorta di nicchia. Aldo Comucci poteva essere paragonato ad uno di quei vini che solo un vero intenditore può scovare e riconoscere fra le tante cantine che ne producono di grande qualità.

Essere la vera qualità in un mondo fatto di altissima qualità potrebbe essere molto pericoloso. Infatti, egli era rispettato per le sue brillanti idee da un lato e d'altro canto invidiato per le sue chiacchierate conquiste amorose. Per Costanza quest'ultimo aspetto faceva parte solo della sfera del gossip più basso e meschino perché per la cronaca Aldo Comucci aveva una splendida moglie e due ancor più splendidi ragazzi che lo rendevano ogni giorno sempre più orgoglioso. E poi c'erano i suoi studenti che lo adoravano e con i quali aveva un rapporto speciale. E per molti tale rapporto era fin troppo speciale. Spesso il Professore si attardava nel suo studio con uno o due dei suoi studenti a parlare di tutto, della vita, del mondo e di chissà cos'altro. "Come si fa a non essere affascinati da un uomo così?" si era chiesta più volte Costanza quando, sola a casa con la sua gatta lunga e distesa sul petto, ricercava nella memoria olfattiva il profumo che lui lasciava nel corridoio del suo ufficio. Sapeva di buono, di eleganza e, purtroppo, di sesso. Non le capitava solo di voler ricreare la sua figura tramite l'immaginazione olfattiva, ogni tanto le immagini di loro due che parlavano sorridendosi e facendosi qualche battuta spiritosa, la sorprendevano e la facevano trasalire come una ventenne. Provava una forte attrazione per lui ma sapeva bene che doveva tenerla per sé e usare tutto il suo pensiero razionale per far sì che l'emozione non trasparisse quando s'incontravano.

"Buongiorno, Dottoressa Kress" sembrò quasi urlare il Professore, vedendo Costanza che si attardava all'interno della reception.

Lei lo stava osservando sia attraverso le ampie vetrate sia attraverso i monitor che rimandavano le stesse immagini da posizioni diverse. Dopo aver parcheggiato lo scooter e averlo coperto con l'apposita tela, il bel Prof si avvicinò all'entrata con il casco della moto infilato in un braccio e l'altra mano che si accarezzava i lunghi capelli argentati. Lei alzò la mano per fargli un cenno, divertita per il modo un po' provocante che il professore usava quando le rivolgeva un saluto. Questi aprì le braccia con un gesto interrogativo rivolto alle volanti della polizia. Costanza alzò le spalle per fargli capire che non ne sapeva gran che e continuò a seguirlo sui monitor mentre camminava verso l'edificio degli uffici.

"Signorina Kress, Signorina Kress" Vito stava porgendo a Costanza il plico di posta fresco di giornata.

"Ah sì Vito, scusa mi sono distratta. Sai per quanto ne avrà la polizia?"

"Lei sa come vanno queste cose Signorina. Hanno messo i sigilli al laboratorio e ora inizieranno ad interrogare le persone che avevano a che fare col ragazzo". Poi aggiunse "Tanto non concluderanno una mazza, come al solito". Gli occhi al cielo di Costanza lo bloccarono dal profferire altro e, vedendo la mano di lei tesa verso il plico, glielo porse con fare imbarazzato e divertito dal giochino che si ripeteva ogni volta che i due comunicavano.

***

Come tutte le mattine Costanza entrò in ufficio, si sedette alla sua postazione, accese il Mac, verificò le poche mail, fece le solite due telefonate e, senza pensarci, aprì un file di word e buttò giù due appunti, per non dimenticarsi alcuni dettagli.

Costanza si sentiva chiusa in un bozzolo, è vero, ma nonostante tutto adorava la vita. Stranamente però era come se la vita a volte non le appartenesse del tutto, aveva la sensazione di viverla con distacco e disincanto. Quella mattina Costanza non sapeva che la sua vita stava per cambiare.

"Ciao", "Ciao" queste erano le uniche parole che scambiava con la prima collega che entrava in ufficio alle 9.00.

Si chiamava Laura ed era la tipica impiegata, poteva stare in qualunque ufficio e in qualunque posto senza dare nell'occhio. Era una brava ragazza, anche molto precisa nel suo lavoro, ma anonima.

Costanza invece, seduta alla sua scrivania da prima delle 8.00, era impeccabile, elegantissima e inesorabilmente certa che sarebbe stata la solita giornata inutile, passata a smistare la posta e a soddisfare due o tre richieste degli studenti del Campus; insomma a cercare di arrivare alle 16.15 senza andare fuori di testa dalla noia.

"Ciao", "Ciao" ecco Marta, un'altra delle colleghe. Sembrava una bella donna russa, con il viso grande e simpatico, un po' slavata come un bicchiere di vodka. "Vabbè ragazze, ora che siete arrivate, vado a fumare una sigaretta". Costanza sapeva già (così le avevano riferito proprio in quei giorni) che le care colleghe sarebbero andate a riportare anche questa breve pausa alla Capo Servizio. Le tre ragazze con cui lavorava erano più giovani di lei, ma erano lì da molto più tempo. Questo le faceva diventare automaticamente delle "capette", sempre pronte alla critica. Costanza era arrivata al Campus da soli sei mesi ed aveva avuto l'accoglienza peggiore della sua vita lavorativa. Il fatto che riferissero ogni sua mossa al loro Capo non la toccava minimamente: la natura delle persone non sarebbe certo cambiata se lei avesse tenuto un altro tipo di comportamento. Questa volta però, Costanza avrebbe dovuto fare più attenzione a quelli che fino a quel momento le erano sembrati degli stupidi dettagli.

"Ciao", "Ciao" entrò Sara, una ragazza poco più che ventenne con un bel viso... Come va? Bene, grazie. Fine della conversazione.

Costanza non era solo una bellissima donna, di classe, sempre elegante, laureata, single con una gatta, di ottima famiglia e con grandi capacità intellettive. "Cosa ci faceva in quel posto?" si chiedevano spesso anche le persone che la vedevano ondeggiare sulle sue bellissime scarpe con quei lunghi capelli che ad ogni passo emanavano riflessi d'oro e rame. Ciò che la caratterizzava maggiormente non era solo il suo portamento e la sua estrema bellezza, quello che suscitava l'interesse e l'invidia inevitabile degli altri era un percepibile distacco dalla realtà circostante. Questa caratteristica incuriosiva e nello stesso tempo spaventava le persone che le erano accanto, non sapevano mai decifrare cosa potesse pensare o provare. Negli anni si era lentamente isolata e a molti appariva come una di quelle bellezze indolenti poco interessate ai fatti altrui. Del resto, avevano ragione, a lei non interessava la gente, ma nello stesso tempo trovava alcuni soggetti talmente curiosi che cercava di coglierne i tratti unici, come quando si cerca di capire gli ingredienti di alcuni piatti esotici non sapendo minimamente cosa si sta mangiando. In passato tanti le avevano consigliato di riportare nero su bianco le sue osservazioni così acute sulle persone e sugli eventi che le riguardavano. Tuttavia lei non era mai totalmente convinta di riuscire a scrivere qualche cosa d'interessante: in fondo si reputava banale come gli altri e forse questa era la sua vera e profonda forza.

"Prenderò appunti su questa cosa perché poi va a finire che mi dimentico di dettagli importanti!" si disse buttando giù le prime informazioni che raccolse dalle persone che incontrò la mattina di quel banale 10 luglio. Costanza decise che questa volta non avrebbe fatto finta di nulla.

Aveva notato una certa tensione al Campus nei mesi precedenti il fatto assurdo del ragazzo trovato quasi morto in circostanze insolite, più propriamente assurde.

Capitolo 2

L'ufficio di Costanza Kress era una sorta di open space, con 5 scrivanie, 5 postazioni PC, 5 telefoni e 5 finestre. Quattro le ragazze che ci lavoravano, lei compresa, ma il lavoro da svolgere bastava al massimo per due. Il senso di disagio che sentiva ogni volta che si sedeva alla scrivania era insopportabile. Dopo aver fatto ordine nei pensieri e aver scacciato quel desiderio di salire al piano dove c'era l'ufficio di Aldo, Costanza si trovò a ripensare a cosa era successo il giorno prima e al povero Davide Lanza, aggredito in laboratorio.

Si ricordò che il ragazzo era entrato nel loro ufficio per ritirare dei pacchi arrivati dagli Stati Uniti. Ora che ci pensava, era stato proprio il giorno prima. Controllò le firme sul registro del ritiro merci e ne vide la firma con la data, il 9 luglio. Provenienza: Houston, Texas. Al momento non ci aveva fatto caso, ma adesso ricordava bene che sul volto del giovane era comparsa una strana espressione, ma non riuscì a ricordare esattamente l'impressione che ne aveva avuto. Riprese il registro e notò che nella casella a fianco al nome e cognome era scritto "Contenuto di Origine Umana". "Ecco! Lo sapevo!" esclamò con una leggera eccitazione.

Non era insolito per i ricercatori del Campus avere a che fare con ogni tipo di materiale potesse servire ai loro esperimenti. Quindi, che cosa aveva visto Davide? Perché si era sorpreso alla vista di quei pacchi? E soprattutto, che cosa era accaduto più tardi nel suo laboratorio?

Decise di fare qualche ricerca, anche se sapeva che la polizia avrebbe fatto il possibile per scoprire maggiori dettagli. Cosa aveva detto Vito? "Signorina Kress, tanto non ci capiranno una mazza...", sorrise al pensiero di trovarsi d'accordo con quell'espressione da bar di periferia.

Doveva fare qualche cosa, ok ma cosa? Ripensò agli occhi dolci di quel ragazzo e poi all'espressione che, senza volerlo, gli aveva stravolto per un istante il volto, prima di salutarla con un cenno del mento. Senza accorgersene scrisse su un foglio di word: Davide Lanza 26 anni Laureato in scienze biologiche all'Università di Torino col massimo dei voti. Mentre fissava il cursore che lampeggiava alla fine della riga, le venne in mente di ricontrollare il numero di spedizione. Riaprì il registro e in quell'istante squillò il telefono e quasi non le prese un colpo. "Kress, buongiorno" rispose in fretta. Ci fu una pausa e disse "Pronto? Vito?", aveva visto il numero della reception sul display del telefono, un Cisco IP Phone. "Sì, Signorina Kress, mi scusi, sono Vito" pausa "ehm, qui c'è l'ispettore di polizia che desidera parlare con lei". "Addirittura! E perché?" "Guardi è qui di fronte a me e dice che ha bisogno di farle delle domande. Cosa fa, scende lei?". Costanza non esitò e rispose che sarebbe andata a prenderlo perché sicuramente si sarebbe perso nei meandri del Campus. Riattaccò e si chiese "Ma che cazzo vuole adesso 'sto qui?" Non usava quasi mai un linguaggio scurrile, ma in alcune circostanze, soprattutto se sotto pressione, il "cazzo" diventava uno dei suoi intercalari preferiti. Era anche sicura di riuscire a trattenersi in certi ambienti, ma, se anche le fosse capitato, che problema c'era? Ormai si esprimevano tutti con esclamazioni volgari. Ricordava la frase del suo Professore di francese al liceo: "Non esistono parole volgari. Le parole sono parole ed in quanto tali sono belle in sé. Il mondo è pieno di gente volgare ed è il cattivo gusto di chi si esprime a rendere sgradevoli le parole. Se un uomo è volgare, lo sarà anche se dice Buongiorno; mentre un nobiluomo potrà anche dire Merda, ma lo dirà con stile."

Ormai alcune parole erano proprio rientrate nel vocabolario comune. Esclamare "Cazzo Gianni, non ti sopporto più!" era una frase che anche la madre di Costanza usava sempre più spesso, rivolgendosi al povero marito che negli ultimi anni era diventato vecchio, stanco e, a dirla alla francese, anche un po' rincoglionito.

Salvò il file appena aperto e, rivolgendosi alle colleghe che facevano finta di non aver seguito i suoi movimenti, disse loro che doveva andare perché Vito aveva bisogno di lei.

Scese le scale e si recò a passo sostenuto verso la reception. Anche coi tacchi vertiginosi che indossava quel giorno la falcata era sicura e sensuale e a lei portare quei sandali costosi la faceva sentire bene.

Aprì sicura la pesante porta a vetri della reception e vide due uomini in attesa davanti al bancone, che la guardavano con aria interrogativa. Costanza notò subito che uno dei due poliziotti era in borghese, mentre l'altro indossava la classica divisa blu e grigia.

"Dottoressa Kress? Buongiorno, sono il Commissario Sergio Laurenti". L'uomo in borghese le porse la mano, con un accenno di sorriso, che lei strinse cercando di non far trasparire l'inquietudine che stava per nascerle in petto. "Buongiorno Commissario, cosa succede?" mentre pronunciava quelle parole, si accorse dell'espressione di sorpresa sul volto dei due poliziotti. Già, era evidente quello che stava succedendo e pensò subito di aver detto una frase infelice. "Dottoressa, possiamo farle qualche domanda in un posto tranquillo?" Il Commissario Laurenti non era alto e lo sguardo e la voce erano profondi. "Sì certo Commissario. Mi faccia pensare..." Buttò distrattamente uno sguardo al Rolex maschile d'acciaio che portava sempre al polso e aggiunse "mi scusi, prima avverto le mie colleghe che starò fuori ufficio per un po'" e fece un cenno a Vito per fare la telefonata. Il Commissario non fece una piega e Costanza compose il numero del suo ufficio, prevedendo che le tre ragazze si sarebbero chieste il motivo, ma se ne potevano andare benissimo al diavolo. Se volevano andare a bere il caffè quella mattina, dovevano aspettare il suo rientro.

Costanza decise che potevano accomodarsi ai tavoli del bar, perché a quell'ora quasi tutti gli uffici e le aule erano occupati.

"Commissario, posso offrile un caffè? Così ci accomodiamo un momento e mi dice in cosa posso esserle utile". Costanza lo guardò bene e notò che era un bel ragazzo, sulla quarantina, capello lungo mosso e scurissimo, pelle leggermente olivastra: un tipico uomo del sud con l'aria un po' rozza, ma con tratti fini del volto. "Niente male", pensò, e fece un cenno di sorriso all'uomo. "Benissimo Dottoressa, un caffè lo prendo volentieri". Poi rivolse il palmo aperto verso il ragazzo in divisa e richiuse la mano lasciando solo l'indice alzato. In due mosse gli aveva detto di aspettare un minuto.

Costanza camminava leggermente avanti rispetto all'uomo che, colto da un momentaneo imbarazzo per aver posato lo sguardo sulla curva morbida del fianco avvolto nella seta chiara di lei, aveva preso a guardare l'I-Phone con fare serio.

Entrarono al bar che a quell'ora era semideserto.

Laurenti si avvicinò a Costanza, che stava per ordinare i caffè mostrando la tesserina dei buoni che i dipendenti utilizzavano per comodità.

"Come lo prende?" chiese, indicando le tazzine poste sopra la macchina del caffè.

"Normale", "Ok, allora mi fai un normale e un lungo" disse, rivolgendosi alla barista.

Aspettarono in silenzio che questa porgesse loro le tazzine e Costanza avvertì quel senso di disagio che l'aveva colpita al petto poco prima e che ora identificava come un vero e proprio malessere. Fece un sospiro profondo, come a riprendere fiato dopo un momento di apnea involontaria, e si accorse di averci messo troppa enfasi. "Nervosa? Dottoressa Kress?" chiese il Commissario, lanciandole uno sguardo da sopra la tazzina del caffè. Lei fece una leggera smorfia che voleva essere un sorriso, ma che capì non esserle riuscito bene.

Si accomodarono a uno dei tavolini all'interno di quello squallido bar che all'ora di pranzo serviva anche da mensa per coloro che lavoravano al Campus.

"Dottoressa Kress, Lei sa chi è Davide Lanza?" chiese Laurenti appoggiando delicatamente la tazzina al tavolo.

"Certo che lo conosco, perché?" Costanza fissò gli occhi neri del Commissario e notò che erano grandi e leggermente distanti e che lo sguardo era morbido come un velluto.

"Il ragazzo, alle quattro e venti di questa mattina, è morto al Pronto Soccorso del Policlinico."

Capitolo 3

Fu come se a Costanza fosse arrivato un pugno in pieno viso. Per un lungo istante non riuscì a respirare, riusciva solo a fissare il volto dell'uomo che aveva di fronte con lo sguardo perso nel suo.

"Dottoressa tutto bene?" la voce del Commissario interruppe quel silenzio e Costanza si sentì scossa da un leggero tremito.

"Senta, capisco che la notizia l'abbia sconvolta, ma io devo fare il mio lavoro e devo farle qualche domanda. Ha bisogno di un bicchiere d'acqua?" le chiese in tono dolce.

"No Commissario, è tutto ok. Scusi ma sinceramente non immaginavo fosse una cosa tanto grave. Qui al Campus non credo sia mai successa una cosa simile." La donna si passò una mano sulla fronte e si sistemò i lunghi capelli che le erano scivolati sul viso e aggiunse "mi spiace molto per quel povero ragazzo. Mi chieda pure ciò che le serve. Prima però vorrei fumare una sigaretta." Quando era nervosa, e non solo, Costanza cercava conforto nelle sue compagne di vita. Fumava da almeno trent'anni e con molta coerenza non aveva mai cercato di smettere. Le piaceva, anche se era consapevole che aveva tutto da perdere nel continuare a farlo.

Uscirono dal bar e il Commissario le stava già porgendo il pacchetto aperto. "Fuma anche lei?" chiese sfilando la bionda e sentendo già l'aroma del tabacco. "Sì, è un vizio che non ho intenzione di perdere" disse l'uomo con un sorriso disarmante, mentre copriva l'accendino con la mano destra. Lei piegò leggermente la testa da un lato per impedire che i capelli si avvicinassero troppo alla fiamma e diede la prima boccata, aspirando profondamente. Il primo tiro era quello che le dava più soddisfazione. Guardò la sigaretta e pensò che fosse decisamente forte, ma era proprio quello che le ci voleva.

Il Commissario la stava osservando attentamente e, dopo essersi acceso la sigaretta, disse "Dottoressa, che rapporti aveva con Davide Lanza?"

"Conoscevo Davide. Veniva spesso a ritirare dei pacchi presso il nostro ufficio, perché?"

"Saprebbe dirmi quand'è stata l'ultima volta che l'ha visto?"

Costanza strabuzzò gli occhi per prendere tempo e si rese conto che quella mattina d'estate i colori erano sbiaditi come in autunno, quando il sole stenta a uscire da dietro le nuvole. Spiegò poi al Commissario che pochi minuti prima aveva ricontrollato il registro del ritiro merci e aveva notato che il ragazzo era passato il giorno precedente a ritirare un pacco. Tralasciò di raccontare i dettagli, perché col tempo aveva capito che era sempre meglio dire le cose solo se esplicitamente richieste. Del resto, anche se quell'uomo aveva gli occhi più belli e dolci che avesse visto da anni, non voleva dire che si poteva fidare di lui. Forse un tempo l'avrebbe fatto, ma dopo tante bastonate si era resa conto che quasi sempre era meglio dire il giusto e solo se richiesto. Fu lei invece che, spegnendo la sigaretta nel posacenere situato fuori dal bar, aggiunse:

"Scusi Commissario, ma perché sta facendo proprio a me queste domande?"

A sua volta il Commissario schiacciò il mozzicone vicino a quello di Costanza e disse: "Dottoressa, Davide è stato trovato ancora vivo e, quando è arrivato al Pronto Soccorso del Policlinico, stringeva nella mano un pezzo di carta con scritto il suo nome".

I due si fissarono a lungo per la seconda volta. Sembrò quasi che il bel Commissario volesse leggere negli occhi di lei per carpire cosa stesse pensando. In realtà notò solo che quegli occhi avevano le iridi screziate di verde scuro e di marrone chiaro. Era come guardare due carte geografiche di paesi sconosciuti e capì che ci si poteva perdere.

Costanza era impietrita e in quel momento aveva la testa vuota. Le capitavano spesso questi momenti di sospensione. Queste "assenze" facevano di lei una donna sempre avvolta dal mistero. Un giorno il Professor Comucci le aveva persino detto che sembrava far parte di un altro mondo.

"Tutto bene dottoressa?" disse il Commissario appoggiandole la mano sul braccio destro.

Costanza trasalì e scosse leggermente il capo, accennando ad una piccola smorfia della bocca che voleva essere il solito irrisolto sorriso.

"Scusi Commissario, ma mi sembra così assurdo ciò che mi sta dicendo e in questo momento sinceramente non riesco a capire".

"Ascolti dottoressa, facciamo così", la interruppe l'uomo, "ora lei risale in ufficio e di questa cosa non ne fa cenno a nessuno. Questo è il mio numero di cellulare. Appena se la sente mi chiama e facciamo ancora due chiacchiere, ok?"

Prese il biglietto da visita e chiese "Ma devo preoccuparmi?"

"Assolutamente no. Per adesso non sappiamo nulla e quel biglietto col suo nome potrebbe essere rimasto in mano al ragazzo per qualunque motivo". Poi aggiunse "Sicuramente apriremo un'inchiesta ufficiale. Questa mattina abbiamo sigillato il laboratorio dove lo hanno trovato e i RIS avranno da fare per un po'. Mi spiace ma ho paura che la notizia arrivi presto anche alla stampa e sicuramente qui al vostro Campus ci sarà un vero delirio".

Costanza non aveva espressione e, quando lui dolcemente le prese la mano, si accorse che le braccia e le mani di lui erano magre e muscolose con le vene che si intravedevano dalla pelle scura. Poi impercettibilmente sentì un profumo che non riuscì a distinguere ma che sapeva di buono. I due in quel momento erano entrati inconsapevolmente l'uno nella sfera dell'altro. Così a lei venne spontaneo guardare il biglietto da visita e dirgli "Grazie Sergio, ti chiamo fra un po'. Fammi fare mente locale."

Anche lui in modo naturale le rispose semplicemente "Ok ciao". Ma mentre si stavano allontanando lui la fermò e sussurrò "Costanza, ascolta, non dire nulla del biglietto e della nostra conversazione. In queste fasi non si può sapere cosa può accadere. Sempre meglio essere prudenti, ok?".

"Si certo, non ti preoccupare." "Anche se non sarà facile con le tre iene che mi aspettano su in ufficio" pensò lei, accennando giusto una smorfia di commiato.

***

Costanza stringeva nelle mani il biglietto da visita che le aveva lasciato qualche istante prima il Commissario e, mentre cercava di rallentare il mare di pensieri che le scorreva nella mente, salì le scale ed entrò in ufficio. Le tre colleghe erano sedute alle loro rispettive scrivanie e come al solito non fiatavano. Possibile che non sapessero ancora nulla di quello che era accaduto? Beh forse la notizia della morte del ragazzo non era ancora arrivata, ma sicuramente le volanti della polizia le avevano viste. Caspita, sembrava di essere sulla scena di un telefilm poliziesco. Sicuramente sapevano dell'incidente di Davide e che doveva essere successo qualche cosa di grave. Come facevano a non fare nemmeno un commento? Oddio, forse lo avevano fatto fino a quel momento ed ora che era entrata lei avevano smesso di parlare. Quelle tre erano perfide e cercavano sempre di mettere in difficoltà lei, che in realtà le considerava sì e no. La mamma di Costanza le aveva ripetuto più volte che probabilmente, se lei avesse cambiato atteggiamento nei loro confronti, le tre ragazze si sarebbero ammorbidite. Certo che se continuava ad andare vestita da urlo, con i tacchi vertiginosi e con un profumo da far girare la testa, l'unica cosa che poteva aspettarsi era della sacrosanta invidia. L'anziana mamma era spaventata dall'invidia che sentiva aleggiare intorno alla figlia e le ripeteva spesso "Figlia mia, guardati dalle cattiverie e non suscitare gelosia nelle altre donne".

Costanza alzava le spalle e le rispondeva sempre che era meglio essere invidiata che compatita. Quella volta avrebbe capito, suo malgrado, che la madre aveva ragione.

Capitolo 4

Seduta davanti al PC, Costanza si rese conto che non aveva chiuso il file dove aveva cominciato a scrivere gli appunti riguardanti Davide. Possibile che fosse così distratta? Chissà se tutte le volte che lasciava aperto un file le ragazze andavano a sbirciare quello che stava facendo per andarlo a riportare al Capo? Vabbè, ormai era fatta e poi quelle tre non avevano certo bisogno di un file per andare dal Capo a riferire sul suo comportamento. Piuttosto se lo sarebbero inventato.

Quel silenzio che si creava in ufficio in alcuni momenti era veramente insopportabile e l'unica cosa che Costanza riusciva a fare era prendersi il viso fra le mani e sospirare profondamente. Avrebbe voluto parlare con Aldo. Anzi avrebbe voluto che Aldo la stringesse forte fra le braccia. "Ma che cazzo c'entra adesso il Prof. Comucci" pensò sfregandosi ancora una volta il viso e attaccandosi al collo della bottiglietta dell'acqua che teneva sempre di scorta sulla scrivania. "Con tutto quello che è successo, possibile che l'unica cosa a cui io pensi è di sprofondare nelle braccia di Comucci? Devo essere veramente rintronata." Ma più cercava di convincersi che doveva concentrarsi su ciò che le aveva detto poco prima il Commissario e più si rendeva conto che il pensiero cominciava a vagare da qualche altra parte. Costanza sapeva bene il meccanismo mentale che le scattava quando era presa dall'ansia riguardo ad un determinato fatto. Più cercava di pensarci e più la sua mente era come se ponesse delle barriere tramite altri pensieri che non c'entravano niente. In questo modo nella sua testa cominciavano a scorrere una marea di immagini senza un vero e proprio nesso logico, sempre più veloci. Ormai c'era abituata perché quello era uno strascico del suo periodo di forte depressione, quando aveva provato ogni sfumatura di dolore dell'anima. Sapeva bene che quello era il primo sintomo dell'ansia pura che, se non controllata, poteva anche sfociare in un forte attacco di panico. I pensieri cominciavano a viaggiare velocissimi e la percezione della realtà cominciava a farsi sempre più faticosa.

Un giorno aveva avuto la sensazione di staccarsi da terra e altro che paura le venne, provò la certezza di stare per morire. Quella volta la dottoressa che la seguiva da anni la tranquillizzò, spiegandole che, in quei momenti, dato l'alto livello di stress e di ansia, c'era un'accelerazione fisiologica dei battiti cardiaci e tutto veniva amplificato. In gergo tecnico si chiamava proprio disturbo del pensiero accelerato. Ciò che era determinante, nel caso di Costanza, era il fatto di tenere sempre sotto controllo i suoi stati ansiosi.

Lì al Campus non ne aveva parlato con nessuno, anche se sospettava che in molti si fossero spesso chiesti qualche cosa in merito. La sua calma apparente era oggetto di pettegolezzi e spesso lei aveva la sensazione di essere osservata. Il professor Comucci le aveva detto che se la osservavano era solo perché era la donna più bella del Campus e non solo. Le uniche persone a sapere veramente quello che aveva passato Costanza anni e anni addietro (ansia, depressione, vari ricoveri, cure costanti) e ciò che ancora la turbava in parte, erano sua madre, suo padre, sua sorella e ovviamente la sua migliore amica.

"Dovrei telefonare ai miei" non si accorse neppure che quelle parole le aveva dette ad alta voce. Se ne rese conto perché "la russa" le rispose con tono gentile "tranquilla Costanzina, chiamali pure; ma è successo qualche cosa? Tutto bene?"

"Beh tutto bene non direi... Avete visto questa mattina tutta questa polizia per il casino che è successo ieri sera con quel ragazzo?" Costanza non ci pensò, sapeva che era meglio non profferir parola, ma purtroppo in quei momenti non riusciva a tacere. Cercò però di concentrarsi il più possibile per non dire cose che avrebbero potuto comprometterla.

"Certo che abbiamo visto. Cazzo, questa mattina non si riusciva quasi a passare. Ma perché devi chiamare i tuoi?" disse Laura, continuando a scrivere come una forsennata al computer.

Meno male che ad un certo punto Sara disse "Mio Dio, veramente! Ma si può sapere cosa è successo di tanto grave? Ho capito che hanno trovato quel ragazzo. Come si chiama?" "Davide" risposero in coro sia Costanza che Marta.

Costanza a quel punto era salva. Dal silenzio di tomba di prima era come se le tre colleghe si fossero risvegliate di colpo e tutte e tre contemporaneamente cominciarono a parlare del fatto. Marta stava leggendo a voce alta il Corriere on line per capire se già era riportata la notizia e se era stato fatto qualche riferimento al Campus e a qualche nome noto. Laura stava parlando al telefono con una

collega di un altro ufficio che nel frattempo aveva chiamato e Sara cercava di parlare con Costanza, commentando a modo suo i frammenti di notizia che aveva avuto
al bar quella mattina. A quel punto Costanza era già stor-
dita da tutto quel brusio e, cercando di dar retta a Sara
senza far trasparire il suo stato mentale, sentì sempre più
forte il desiderio di uscire dall'ufficio per parlare con l'u-
nica persona di cui si fidava, suo padre. Inoltre, anche se
aveva appena finito, le venne voglia di fumare un'altra
sigaretta. Ecco, questo era l'altro sintomo di turbamento.
Costanza riusciva a fumarsi anche un pacchetto di sigarette quando aveva dei momenti di confusione emotiva.
Altro che donna di ghiaccio, come l'aveva soprannominata uno dei suoi svariati fidanzati. Certo s'impietriva, ma
non perché era fredda, ma perché tale era l'accumulo di
ansia che il suo corpo, la sua mente e i suoi pensieri si
bloccavano per non essere scoperti, come se fosse stata
una preda braccata. Pensava che se si fosse lasciata andare si sarebbe capito che era in preda al panico e quindi
si bloccava. Quando le capitava, pensava di essere come
quegli animali che nella notte vengono improvvisamente
illuminati dai fari e spaventati si arrestano di colpo, senza fare il minimo movimento. Ed è proprio a quel punto
che i cacciatori, tenendo le luci puntate, non fanno altro
che prendere la mira e sparare. I cacciatori di uomini sanno benissimo che quell'atteggiamento di blocco è tipico di
chi ha paura.

C'era una cosa però che molti "cacciatori" sottovaluta-
vano in Costanza. Quando si "bloccava" non era solo
ed esclusivamente per la paura o per l'ansia, ma perché
non riusciva a capire fino in fondo cosa stava accadendo;

aveva paura ma non era paura degli altri, più di tutto aveva paura delle sue reazioni. Grazie a tante ore di sedute con la psicologa aveva scoperto che in particolari stati emotivi, di qualunque natura essi fossero, bisognava aspettare. Agire in preda alle emozioni era molto pericoloso. Lei era sicuramente una donna molto emotiva, ma aveva imparato con un duro allenamento a controllare l'emotività.

Doveva capire realmente cosa stava capitando fuori e dentro di lei, per poi aspettare, aspettare e ancora aspettare prima di agire. L'impulsività l'aveva fregata tante di quelle volte. Ormai sapeva che l'assalto emotivo sarebbe scemato e a lei sarebbe rimasta la possibilità di esprimersi e di agire al meglio. Questo metodo lo aveva interiorizzato talmente bene, che ad un certo punto poteva sembrare la protagonista glaciale e calcolatrice di una serie di romanzi gialli. Chi la conosceva bene però sapeva che Costanza era la donna più sensibile e più emotiva del mondo e suo padre la conosceva, meglio di chiunque altro.

Capitolo 5

"Pronto, pronto papà. Prontooo, mi senti?" Costanza non si rese conto che stava quasi urlando, ma purtroppo si alterava sempre un po' quando, chiamando il padre al cellulare, si rendeva conto che quest'ultimo faceva sempre più fatica a capire quale tasto doveva premere e, invece di rispondere, chiudeva automaticamente la comunicazione. Non si alterava tanto per il fatto in sé, ma perché questo voleva dire che il padre stava invecchiando e ciò le dispiaceva al punto di farla innervosire. Costanza era la più giovane delle uniche due figlie che il Dottor Kress aveva avuto con Caterina Cenci ed era sicuramente la figlia preferita della coppia. I motivi di questa preferenza erano facilmente riconducibili al carattere dolce di Costanza ed anche al suo trascorso di difficoltà emotive, per le quali entrambi i genitori avevano sofferto assieme alla figlia minore.

Nonostante stesse invecchiando, Giovanni Kress era e sarebbe sempre stato il punto di riferimento dell'intera famiglia.

Era un uomo d'immensa cultura, molto attraente e con una fortissima personalità, cosa che gli aveva permesso in giovane età di fare una sfolgorante carriera nel mondo dell'industria. La sfera professionale però non aveva mai compromesso il suo ruolo di padre sempre presente, affettuoso, generoso e a tratti ingombrante. Insomma, papà Kress era pesante, sia dal punto di vista fisico sia da quello mentale. Non altissimo ma massiccio, aveva un forte impatto psicologico e le donne della famiglia spesso ricorrevano ai suoi consigli per piccoli o grandi problemi che le riguardavano.

"Sì Coco ti sento. Tu mi senti?" il Dottor Kress rispose a Costanza con il solito tono amorevole.

"Papà ascolta, è successo un casino. Ieri un ragazzo qui è stato trovato in fin di vita e questa mattina il Commissario che segue le indagini mi ha detto che dopo aver cercato di rianimarlo, lì in Ospedale gli hanno trovato in mano un biglietto col mio nome". Costanza capì che forse non era il caso di dire subito a suo padre quanto fosse successo, soprattutto perché magari si sarebbe potuto preoccupare, se non lui, sicuramente sua madre. Però quando succedeva qualche cosa era più forte di lei, doveva parlargliene quasi in tempo reale. Il legame fra loro era profondissimo e questo faceva sì che il loro rapporto oscillasse tra l'affetto sconfinato e il conflitto padre-figlia. Erano entrambi vittima e carnefice, come a volte accade nei rapporti profondi. Costanza lo sapeva bene e spesso si era scontrata con lui quando era stata proprio lei a renderlo partecipe delle sue cose. Tutte le volte Costanza si domandava "Ma io sono normale? Gli chiedo consiglio e poi me la prendo se lui esprime la sua opinione, che poi si rivela essere quella corretta". La psicologa, a suo tempo, le aveva detto che toccava a lei cercare di cambiare modo di relazionarsi con lui e che doveva accettare il fatto che suo padre mai e poi mai sarebbe cambiato.

Suo padre, interpellato dalla figlia per un problema, non poteva astenersi dal darle il consiglio che riteneva giusto. Così, quello che Costanza aveva compreso, era che doveva accettarlo per quello che era ed anche che lei non poteva fare a meno di riferirsi a lui. Strano ma, realizzato il concetto che il loro rapporto era qualche cosa di "esclusivo", non lo percepì più come frustrante e segnò per lei l'inizio di una nuova fase che in molti avrebbero potuto definire come la sua fase matura ed adulta. Lei però in fondo si sentiva sempre molto piccola quando parlava con il padre e durante quella conversazione si accorse che avrebbe voluto correre a casa perché quella situazione la spaventava.

"Papi hai capito cosa ti ho detto?" mentre parlava al telefono si era affacciata al balcone che dava sul cortile del Campus, dove vide un gran via vai di gente.

"Sì ho capito, ma adesso tu dove sei?" il padre aveva sempre un tono rassicurante nei confronti di Costanza e forse era questo uno dei motivi per cui lei non poteva fare a meno di sentire la sua bella voce calda.

"Sono qui fuori sul balcone, perché?" rispose.

"Giusto per capire la situazione" aggiunse il padre e poi disse "ascolta, non ti preoccupare, vedrai che non succede nulla. Ma scusa, lì cosa dicono? E le tue colleghe?"

Costanza inspirò ed espirò profondamente dicendo di botto "Cosa vuoi che dicano, papi? Qui le ragazze sono appena arrivate e sono tutte senza parole per quello che è successo. Un gran casino. Questa mattina ancora non si sapeva molto, ma adesso sta arrivando un sacco di gente, polizia, agenti in borghese e tanti curiosi qui del Campus, compresi i capi. Ma a parte questo, io cosa devo fare?" mentre parlava guardava il via vai in cortile e in quel momento vide il professor Comucci che parlava concitatamente con un tizio alto quasi quanto lui.

Giovanni Kress stava per risponderle ma lei lo interruppe "Sì papà scusa, adesso devo andare, magari ne riparliamo a casa stasera." Chiudendo la comunicazione fece in tempo a sentire il padre che le stava raccomandando di rimanere calma e di chiamarlo più tardi per aggiornarlo.

Capitolo 6

In ufficio il clima era cambiato, le ragazze stavano parlando concitatamente dell'accaduto e, seduta di fronte a Laura, c'era la loro capo ufficio. Quando vide Costanza, quest'ultima non fece il minimo cenno di saluto e come sempre sembrò che la sua presenza fosse assolutamente inconsistente. Da quello che Costanza riuscì a capire, la discussione fra loro era centrata su come organizzare i prossimi giorni in cui ci sarebbe stato un grande caos per il Campus.

Costanza si sedette alla sua postazione e rimase in silenzio ad ascoltare quello che le quattro donne si stavano dicendo. In realtà non stavano decidendo nulla di costruttivo, ma solo parlando dell'accaduto come solitamente si parla di un evento di cronaca appreso da un giornale. "Ma possibile che le persone non si rendano conto di quanto sono sciocche? Muore un ragazzo, probabilmente si tratta di omicidio, e 'ste quattro blaterano sul nulla?" Assorta in questi pensieri, mentre si sforzava di avere un'espressione del viso impassibile per non far trasparire tutto il suo disprezzo, Costanza si ritrovò in mano il biglietto del Commissario, lo guardò attentamente, girandolo un paio di volte e ripensò a quegli occhi grandi e scuri che la fissavano intensamente. Senza accorgersene rilesse il nome a bassa voce, poi si rese conto che le quattro donne la stavano fissando e si schiarì la voce, come se avesse borbottato qualche cosa di poco importante. Ormai però aveva attirato l'attenzione del suo capo, Rosamaria Lo Savio, che, interrompendo il discorso con le ragazze, si avvicinò alla sua scrivania e le chiese. "Dimmi Costanza, hai detto qualche cosa? Forse tu sai qualche cosa di più, visto che sei stata una delle prime ad arrivare in ufficio. Mi sembra di aver capito che hai parlato con un poliziotto poco fa, giù al bar." Quelle parole risuonarono come una specie di accusa velata e Costanza, che fissava la Lo Savio senza abbassare lo sguardo, le rispose dopo qualche momento e inspirando profondamente. "Sì Rosa, come tutte le mattine sono arrivata molto presto, ma sinceramente non è che sappia molto di più di quello che sapete voi" e aggiunse "il Commissario mi ha solamente detto quello che già sapete, cioè che Davide è morto questa mattina in ospedale e che tutti coloro che hanno avuto a che fare con lui per questioni di lavoro o di amicizia dovranno essere interrogati. Probabilmente, come Responsabile di tutto il personale, tu sarai una delle prime ad essere ascoltata." La Lo Savio la guardò, poi guardò le altre ragazze e aggiunse "Questo lo immagino. Quello che non capisco è perché ha parlato prima con te. Cosa c'entri tu?" Costanza strinse la mascella e si ricordò le parole del Commissario Laurenti "Costanza per ora non dire nulla riguardo alla nostra conversazione". A quel punto le ci volle un grande sforzo per rispondere senza far trasparire esitazioni che potevano suscitare ancora più curiosità e istintivamente replicò "Questa mattina hanno chiamato dalla reception semplicemente perché il Commissario aveva bisogno di capire come potersi muovere all'interno del Campus. Io gli ho solo detto che doveva parlare con te per qualsiasi informazione. Beh ok, poi mi ha anche chiesto se conoscevo Davide e ovviamente gli ho detto che il ragazzo veniva spesso a ritirare dei pacchi che arrivano qui dall'estero." Costanza guardò le sue colleghe e aggiunse "Voi vi ricordate che è stato proprio ieri a ritirare un pacco da

Houston, vero?" Le ragazze ribatterono che non si ricordavano assolutamente e che il registro dei ritiri delle merci era responsabilità di Costanza. Si sentì avvilita, possibile che anche in quella circostanza le colleghe si facessero scudo e lei non riuscisse a entrare in sintonia con loro?

Ci fu un lungo momento di silenzio e Costanza osservò in maniera minuziosa quella donna orrenda che le si era messa davanti, tipo statua di marmo, con le gambe anche un po' divaricate. Non era brutta ma era inquietante, troppo truccata, troppo piena di gioielli, con lo smalto sulle unghie delle mani di un rosso scurissimo che faceva pendant con il rossetto spesso, messo male e leggermente sbavato nelle rime labiali. Quella donna era nel suo insieme laida e Costanza si chiedeva spesso se invece di lavarsi si passava quelle salviette che usano negli ospedali per i malati che non possono fare la doccia. Ma la cosa che la rendeva unica erano quelle cazzo di unghie di un colore improponibile, forse si metteva più strati di smalto uno sopra l'altro perché l'unghia risultasse spessa come quella di un rapace. "Chissà che strato di lercio c'è sotto quegli zoccoli. Forse non si scrosta più ormai, tanto è compatto" Costanza rabbrividì e forse la Lo Savio lo interpretò come un gesto di timore nei suoi confronti. Quindi le si avvicinò a tal punto che percepì nettamente l'odore di sporco coperto dai mille strati di profumo, deodorante, creme viso e fondotinta, un miscuglio vomitevole. Poi inspirando profondamente ed allargando le spalle disse "Bene ne ho abbastanza. Già ci sarà un terribile casino e Dio solo sa cosa ne verrà fuori con quegli squali dei giornalisti. Se vengo a sapere che una di voi ha parlato con la polizia senza di me e che anche solo una mezza dichiarazione è andata a finire nelle mani di un solo giornalista, giuro che vi faccio una bella lettera di richiamo." Poi, rivolgendosi a Costanza, aggiunse "Questo vale soprattutto per te. So bene che sei sempre in giro a parlare con tutti. Questa è una faccenda seria però e quindi vedi di stare attenta a quello che dici e a chi lo dici." A quelle parole Costanza si sentì avvampare e percepì chiara la voglia di scaraventarsi addosso a quella stronza per tirarle un pugno nei denti. Invece incrociò le mani, le strinse fino a percepire il dolore delle nocche e fece un cenno di sorriso fissando la donna negli occhi. Non disse una parola. Questo era il suo atteggiamento quando si sentiva provocata perché aveva paura che, sopraffatta dalla rabbia e dall'emozione, avrebbe potuto dire o fare cose di cui si sarebbe pentita in seguito. In realtà quello che non aveva ancora imparato era di riuscire a rispondere nel modo più calmo possibile e di dire la cosa più giusta, anche se messa sotto pressione. In quei momenti sembrava di pietra. Un giorno, durante un colloquio importante, il capo del personale, dopo averla provocata pesantemente, le chiese "Beh, cosa hai da rispondere?" dopo alcuni istanti di stordimento e sempre con la voglia di piantargli il tagliacarte nel petto Costanza aveva risposto semplicemente "Non ho niente da dire e comunque non lo direi certo a te".

Questo era il suo modo di rispondere alle provocazioni e aveva capito che, anche se il suo interlocutore probabilmente s'innervosiva ancora di più, non si metteva nei guai e questo era quello che contava. O almeno non immediatamente, perché in realtà le conseguenze di quel tipo di atteggiamento le stava pagando, sia professionalmente che personalmente, da tanti anni.

Infatti, la Lo Savio, ancora più innervosita dalla non risposta, si aggiustò la giacca, troppo stretta di fianchi e lunga di maniche, e senza aggiungere altro uscì dall'ufficio, creando un silenzio assordante.

Costanza appoggiò le mani alla bocca come se stesse per pregare, sentì l'odore di fumo sulla punta delle dita e restò immobile per un tempo che le sembrò infinito. Poi ripensò a Davide e al suo sguardo. "Cosa mi volevi dire Davide, con quegli occhi belli?" fu il suo pensiero distante anni luce da ciò che le gravitava attorno.

Capitolo 7

Costanza voleva saperne di più circa quel ragazzo e forse l'unico modo di scoprirlo senza che quella stronza della Lo Savio venisse messa a conoscenza di qualunque sua mossa, era muoversi il più possibile fuori dal Campus. Ripensò ancora al viso del bel Commissario che pochi momenti prima le aveva stretto il braccio e si sentì più tranquilla.

In quel momento si accorse che il monitor del cellulare segnalava quattro messaggi non letti. Quando era in ufficio, il suo cellulare era sempre in modalità silenziosa, sia perché non voleva far sapere se qualcuno la stesse cercando, sia perché riteneva che in una stanza con più persone il suono del cellulare avrebbe potuto disturbare.

Fissò lo schermo e si chiese se uno di quei messaggi potesse essere del Professor Comucci. Le venne in mente quel giorno in cui, con assoluta naturalezza, lui le chiese il numero con una scusa banale. Aldo non l'aveva mai chiamata e non le aveva mai mandato un messaggio. Tutte le volte però che vedeva il simbolo della bustina sullo schermo Costanza sperava infantilmente che fosse lui. Anche ora che le circostanze dovevano portare i suoi pensieri a tutt'altro non poté fare a meno di avere quel lampo in cui la sua mente le ripeteva inconsciamente "Fa che sia lui, fa che sia lui!" Non solo, si era ritrovata a parlare con lo schermo del cellulare muto da giorni, dicendo "Chiama, dai chiama. Scrivi, scrivi, eddai scrivi!"

Anche ora la sua mente era talmente condizionata dal pensiero di quell'uomo che ebbe un leggero fremito quando vide che assieme ai messaggi dei suoi amici compariva un numero di telefono sconosciuto. Lo aprì prima degli altri e lesse quelle poche parole "ti devo parlare". Non ebbe dubbi che quel messaggio appartenesse ad Aldo e se da un lato ci aveva sperato, dall'altro ebbe una sensazione di disagio nel leggerlo. Perché? Cosa voleva Aldo? Voleva certo parlarle di ciò che era successo, ma in quel momento lei avrebbe voluto solamente andarsene a casa dalla sua gatta e non pensare a tutto quel casino.

Prima di rispondere al messaggio del professore, aprì gli altri. Uno era della sua più cara amica, Federica Cocci, con la quale aveva un rapporto di grande affetto e fiducia. Questo rapporto si era creato in anni di conoscenza, di confidenze giornaliere, risate, pianti e soprattutto grazie ad uno scambio continuo di sincere manifestazioni di grande rispetto. Anche Federica era una bella ragazza che aveva superato da poco i quarant'anni. Sola da tanti anni, senza un vero compagno al suo fianco, ma piena d'interessi e con l'amore di due gatte splendide. L'amica stava gestendo un rapporto difficile con un uomo complicato e capitava spesso che Costanza fosse pronta ad ascoltarla e a darle consigli su come affrontare dubbi e malesseri emotivi. Questo continuo scambio di pensieri era reciproco e rassicurante per entrambe. Le due donne conoscevano ogni minimo dettaglio dell'intimo dell'altra e questo le rendeva amiche speciali, che riuscivano ad aiutarsi in tutti i momenti ed in tutte le sfumature della loro esistenza. "Ciao Lalla, come va? Ma che cazzo è successo lì?". I toni dei messaggi fra loro erano sempre un po' scherzosi, con termini a volte al limite della censura. Costanza le rispose subito con un semplice "Un casino Lalla, poi ti spiego".

Lalla era il soprannome che si davano le due per prendersi un po' in giro, ma che in realtà creava l'esclusività del rapporto, come fra due giovani fidanzatini.

Gli altri messaggi erano uno di Stefano, il suo migliore amico e vicino di casa, e uno di Antonio, il di lui compagno e convivente ormai da quasi dieci anni. La coppia era molto affezionata a Costanza e tutte le mattine la chiamavano o le scrivevano per sapere come stava. Guardò i loro messaggi e pensò che poteva rispondere più tardi, ma poi aprì il messaggio di Stè, così chiamava Stefano, e rispose "Bene amore mio, ci sentiamo più tardi. Dì ad Anto che lo chiamo io". Sapeva che si sarebbero incuriositi perché tutti i giorni rispondeva ai loro messaggi con frasi carine e piene d'affetto e il fatto di essere stata un po' sbrigativa li avrebbe sicuramente insospettiti. Si sarebbero chiesti se era una giornata di quelle con la luna storta e magari si sarebbero preoccupati.

"Pazienza, li chiamerò poi o li vedrò questa sera e sicuramente mi toccherà spiegargli tutto nei minimi dettagli." Mentre pensava a queste cose riprese il messaggio di Aldo, lo riaprì e gli scrisse "Sì, anch'io, ma non qui". Inviò la risposta e attese.

Si portò una mano alla bocca e si toccò inconsapevolmente il labbro inferiore, che aveva un po' più pronunciato rispetto a quello superiore, e cercò di distrarsi leggendo la posta elettronica. Come ci si poteva immaginare quel giorno tutti gli eventi ed i programmi sarebbero stati stravolti da quel terribile evento. Notò che una mail era del Direttore Scientifico del Campus che come oggetto riportava. "NORME DI COMPORTAMENTO AZIENDALE IN CASO DI INCIDENTI GRAVI SECRETATI DAGLI ORGANI COMPETENTI". Già l'oggetto doveva essere stato scritto da un cranioleso con l'intenzione di far capire, ma non troppo. Le prime righe della mail davano poi una brevissima spiegazione dell'accaduto e una frase abbastanza banale liquidava la morte di Davide definendola "incidente avvenuto in circostanze misteriose". Il testo riportava poi una serie di punti e di normative di legge che riguardavano il possibile licenziamento di un dipendente qualora avesse interferito con le indagini della polizia e/o avesse rilasciato delle dichiarazioni inopportune alla stampa. Le conclusioni erano le solite. "Con la speranza che questo caso si possa risolvere... cari saluti." Nessun accenno era stato fatto alla famiglia di Davide e al dolore dei suoi cari. Agghiacciante.

***

Si prese il volto fra le mani e scosse più volte il capo, noncurante degli sguardi delle ragazze. Questa volta anche loro erano rimaste attonite di fronte alla mail della Direzione. Purtroppo però, come spesso capitava, Costanza non riusciva a dissimulare le emozioni e in quel caso si capiva benissimo che la mail le aveva provocato un gran disgusto.

Mentre ancora si sfregava la fronte sentì vibrare il cellulare. Era Aldo.

Capitolo 8

"Pronto? Ciao, sì ti avrei chiamato io fra un po'. Ora non riesco a parlare." Costanza aveva la testa che le rimbombava e il cuore che pulsava a gran velocità. La voce del Professor Comucci la turbava normalmente, figuriamoci al telefono e in quelle condizioni poi. Era la prima volta che lo sentiva al cellulare e il suono della sua voce le sembrò ancora più caldo e più sensuale. Prese coraggio e gli disse "Comunque dimmi tu, intanto io ti ascolto".

"Costanza, dobbiamo vederci al più presto. Poco fa ho incontrato il Dr. Guido Romano, capo della squadra dei RIS. Stanno già predisponendo tutto per compiere i rilievi. Sai che credono sia stato un omicidio?" il Professore aveva la voce un po' alterata e Costanza s'immaginò che mentre parlava si stesse sfregando la base del naso esattamente dove portava gli occhiali da lettura.

"Senti facciamo così, io tra un po' devo andare in posta a ritirare delle pratiche e ti richiamo". Costanza non sapeva come non sembrare scortese, ma in quel momento si rese conto che se avesse mai detto anche una parola in più davanti alle sue colleghe si sarebbe potuta mettere in una situazione sconveniente. Poi aggiunse "Scusami, ma ora non posso veramente stare al telefono, ok? Ti richiamo, devo parlarti anch'io". Riattaccò dopo aver sentito Aldo chiederle dolcemente scusa e dirle che aspettava la sua telefonata.

Guardò l'ora sul display del telefono: erano quasi le 11. Cercò di stare calma e di capire come poteva muoversi senza dare nell'occhio e si rese conto che i pensieri cominciavano a viaggiare ad un ritmo leggermente più accelerato rispetto al solito. Ok doveva stare calma e concentrarsi senza entrare in ansia. Osservò per un momento i movimenti delle ragazze e capì che loro stavano svolgendo le solite mansioni d'ufficio. Possibile che non capissero che da lì a poco sarebbe esplosa una vera e propria bomba? Forse non avevano del tutto realizzato che un ragazzo era stato ucciso in uno dei laboratori del Campus e che i prossimi giorni o mesi il Campus e tutti quelli che ci lavoravano sarebbero stati presi di mira da stampa e televisione. Senza parlare delle indagini della polizia. Cristo, ma non si rendevano conto di cosa poteva implicare una storia del genere? Boh, l'impressione che Costanza aveva in quel momento era veramente strana. Certo, forse la notizia non era ancora arrivata a tutti, ma i veri giornalisti di cronaca nera avevano sicuramente già in mano materiale sufficiente per riempire le prime edizioni dei telegiornali. Senza contare che il fatto sarebbe stato sbattuto nel frullatore di quella serie di programmi d'attualità condotta da giornalisti di discutibile preparazione che giornalmente si occupavano di cronaca nera, intervallando argomenti di gossip e di cucina. Una fiera di cazzate con punte di notizie importanti che finivano per diventare tutte dello stesso sapore.

Mentre stava facendo quelle considerazioni si affacciò alla porta dell'ufficio Sergio Laurenti. Il Commissario era accompagnato da due agenti in divisa e la luce che entrava dalle finestre gli illuminava il viso, facendolo sembrare ancora più bello.

"Buongiorno, scusate il disturbo" si era fermato sulla soglia dell'ufficio e con la nocca dell'indice stava accennando ad un leggero tocco sulla porta.

"Ehm, buongiorno signore, mi chiamo Sergio Laurenti e sono il Commissario incaricato delle indagini per ciò che è successo ieri sera qui al Campus. Ne siete già a conoscenza, giusto?" mentre parlava Sergio non guardò nemmeno per un instante in direzione di Costanza e aggiunse. "Ho già parlato con la vostra responsabile, la Dottoressa Lo Savio, che mi ha permesso di farvi delle domande." I due agenti in divisa entrarono subito dopo il Commissario e salutarono con un semplice buongiorno e un cenno del capo. Sergio li presentò e gli disse di prendere le testimonianze delle tre ragazze e, come se la cosa fosse del tutto normale, si avvicinò alla scrivania di Costanza: "Dottoressa Kress potrebbe venire con me un attimo? Vorrei farle delle domande riguardo al registro in cui annotate giornalmente le spedizioni e come le gestite."

Costanza pensò che a quel punto le sue colleghe si sarebbero fatte mille domande oppure, prese anche loro da quella situazione assurda, non sarebbero riuscite nemmeno loro a capire più nulla.

Non pensandoci più di tanto però Costanza si alzò e disse "Ma certo Commissario. I registri li teniamo in quell'armadio laggiù. Tutte abbiamo la chiave e la sera l'ultima che va via chiude per maggior sicurezza". Mentre parlava precedeva di qualche passo il Commissario, sicura che la stesse seguendo, e una volta davanti all'armadio di metallo si girò verso di lui e gli rivolse uno sguardo interrogativo, che il Commissario non volle cogliere in quel momento ed infatti disse "apra pure Dottoressa, ho bisogno di vedere con lei le ultime consegne e come sono state archiviate." Lei ubbidì e aprì l'armadio, svelando così una serie di magnifici raccoglitori colorati e ordinati in file sugli scaffali. Ogni fila aveva un colore diverso, secondo l'anno, e su ogni faldone c'erano le lettere dell'alfabeto che contraddistinguevano il paese di provenienza. Costanza spiegò brevemente che i pacchi erano consegnati con una sorta di bolla d'accompagnamento secondo il gestore della spedizione e che le loro copie erano archiviate in base al paese di provenienza. Per rintracciare la spedizione poi, c'era un registro che doveva essere compilato minuziosamente da chi ritirava il pacco. Insomma, la procedura era alquanto sicura e studiata perché si riuscisse sempre a rintracciare merce importante per gli studi di laboratorio. Costanza prese il registro e glielo mostrò per spiegarsi meglio "ecco vede, qui scriviamo nome e cognome di chi ritira, data e ora del ritiro, tipo di materiale, città o paese di provenienza e poi la firma di chi ritira". Mentre stava spiegando quelle cose banali Costanza si apprestò a prendere la pagina che quella mattina lei stessa aveva controllato. "Oh cazzo!" Esclamò "Ma qui la pagina di ieri è sparita!" Costanza, che solitamente usava un linguaggio abbastanza curato, aveva completamente mollato gli ormeggi. "Questa mattina sono sicura di averla vista perché la prima cosa che ho fatto quando sono arrivata è stata quella di controllare le spedizioni di venerdì. Era tutto in ordine e ho visto il nome di Davide e il numero del pacco che veniva dal Texas e la firma, caspita sì che c'era mi ricordo benissimo". Ormai era alterata e di questo si accorse Sergio che si affrettò a dirle. "Ok Costanza, intanto questo registro lo prendiamo noi per darlo alla scientifica. Si vede comunque chiaramente che la pagina è stata strappata e anche in malo modo. Purtroppo le cose si complicano perché pare che tu sia l'unica ad essere a conoscenza del pacco e non solo, sei l'unica che si ricorda di aver visto Davide l'altra sera che se l'è venuto a prendere, sei pure l'unica ad aver notato da dove veniva e cosa conteneva il pacco." Costanza impallidì per un attimo e disse "Ma è impossibile. Scusa non sparisce mica così un pacco e poi sarà stato messo da qualche parte e in più ce ne sarà traccia anche dal corriere che l'ha consegnato. Ci manca solo che se noi non facciamo una registrazione o si perde un registro non si sa più nulla di una consegna (magari con del materiale pericoloso), ma non scherziamo!" Costanza stava alzando leggermente la voce e forse capì che le ragazze di là con gli agenti stavano ascoltando e quindi si bloccò e guardò negli occhi il Commissario, cercando di indovinare cosa doveva fare.

Sergio senza scomporsi aggiunse a bassa voce "Tu hai perfettamente ragione, faremo delle ulteriori verifiche; certo la cosa strana è che qualcuno si è preso la briga di far sparire giusto la pagina della consegna di ieri, ma vedrai che ci sarà una spiegazione e che noi la troveremo."

Poi, senza troppi preamboli, richiamò i ragazzi chiedendo loro se avevano finito con le prime deposizioni "a caldo" e, rivolgendosi a Costanza, disse con aria formale "Dottoressa spero che tutti voi vogliate collaborare con la polizia per poter fare chiarezza su questa terribile vicenda. Al momento non possiamo azzardare alcuna ipotesi e quindi mi raccomando di non spargere voci di alcun genere e, come diremo a tutti, prima di formulare ipotesi equivoche mi raccomando di pensarci bene. I giornalisti non aspettano altro e vedrete che fra qualche ora sarete prese d'assalto. Il mio consiglio è quello di tenervi fuori da qualunque situazione ambigua, credetemi quelli spesso trovano i colpevoli e li condannano ancora prima delle autorità."

Quelle parole colpirono profondamente la donna, che capì che da quel momento doveva stare attenta soprattutto a quello che poteva venire alle orecchie di giornali e televisioni. Era convinta che ormai i delitti fossero risolti dall'opinione pubblica molto prima che dai magistrati.

Lei sperava di non doverci finire dentro e sperava fortemente che il Commissario la potesse aiutare a tenersene fuori.

Dopo averlo salutato insieme ai due agenti, prese il cellulare che era pieno di messaggi. Erano tutti di Aldo.

Capitolo 9

Costanza seguì con lo sguardo il Commissario e gli agenti che si avviavano giù per le scale verso l'area già transennata dai nastri gialli dove c'era un gran via vai di uomini con tute bianche, di agenti della polizia e di carabinieri. "Madonna che bordello verrà fuori a 'sto giro" pensò Costanza che in alcune circostanze non riusciva a tenere a freno la lingua e usava frasi ed espressioni molto spontanee. Poi si ricordò dei messaggi di Aldo e si chiese ancora una volta "Ma che fretta c'ha 'sto qua? Non mi ha mai chiamata manco per offrirmi un caffè, se parliamo è perché ci incontriamo per caso o meglio perché per caso mi faccio trovare dove si trova lui (sempre per caso) e ora pare che non possa fare a meno di me". Questo atteggiamento coincideva esattamente con la teoria della sua super-amica Federica, la quale sosteneva che gli uomini chiamano solo se ne hanno veramente bisogno. A dire il vero Costanza non sapeva se quella frase era riferita al fatto che fossero tutti dei gran puttanieri oppure che, se dovevano dirti qualche cosa, era solo per necessità e non riuscivano ad aspettare nemmeno 5 minuti, lo dovevano fare e basta. E a pensarci bene valeva per entrambi i casi.

Ok, primo messaggio "chiamami", secondo messaggio "dove sei finita, chiamami", terzo messaggio "Cristo Costanza, è un'ora che ti cerco, mi vuoi richiamare?", siccome ce ne erano ben sei, passò direttamente all'ultimo pensando che Aldo doveva essere in preda ad un momento di crisi compulsiva da stress. L'ultimo messaggio non diceva niente, aveva solo tre punti di domanda. Costanza sgranò gli occhi, pensando che il suo bel professore doveva essere veramente fuori dai gangheri e decise di rispondere "Aldo, ora non posso scriverti e nemmeno muovermi, ti chiamo io."

Il comportamento di Aldo però era strano, forse sapeva qualche cosa riguardo a quella faccenda? o forse pensava che al Campus stesse succedendo qualche cosa di talmente grave da indurre qualcuno a commettere non solo un omicidio ma qualcos'altro? Pazzesco, tutto ciò era pazzesco; anzi no, c'era un termine che a lei piaceva usare in circostanze simili: era surreale.

Capì che la cosa migliore al momento era cercare di far finta di niente. Doveva stare il più calma possibile, lavorare come al solito e pensare. "Pensa Costanza, pensa" disse fra sé e sé. Forse Aldo aveva ottenuto delle notizie da quell'uomo con cui stava parlando in giardino poco prima, davanti alla zona off limits. Ora si sarebbe messa a scrivere ciò che era venuto fuori nelle ultime ore e poi, se ci fosse stato altro, non restava che aggiungere minuziosamente ogni particolare. Costanza aveva la netta sensazione che quell'evento stesse scatenando un terremoto e che a breve sarebbe arrivata l'onda d'urto. Razionalmente capiva che avrebbe dovuto mettersi in sicurezza, ma emotivamente non sapeva da dove cominciare. La morte del ragazzo l'aveva turbata e sicuramente aveva sconvolto tanti altri, lì al Campus, ma il fatto di essere coinvolta direttamente nelle indagini l'aveva gettata in uno stato di profonda ansia. L'odore che sentiva era molto simile a quello della terra umida prima di una forte tempesta. Sperava solo di essere in grado di capire da che parte si sarebbe scatenata. L'ultima cosa che avrebbe voluto in quel momento era di ritrovarsi nell'epicentro di un tornado, ma sentiva che già stava montando.

Rientrò in ufficio e si sedette al computer e le sembrò di aver fatto quell'operazione almeno dieci volte quella mattina. Aprì nuovamente il file che riguardava il caso e scrisse un nome, Carlo Cataldi. Le era venuto in mente che se c'era un punto da cui partire per poterci capire qualche cosa era fare poche domande ma mirate alle persone giuste. Carlo Cataldi era stato Amministratore delegato per anni della parte Ospedaliera vera e propria ed era addentro a tutti i Consigli di amministrazione sia dell'Azienda Milanese Ospedaliera Oncologica (AMOO), che si occupava direttamente della cura dei malati oncologici, sia della parte dei laboratori, che nella fattispecie era il Campus per la Ricerca sul Cancro (AMOO - CRC). Carlo era l'uomo che forse in quel momento poteva darle una mano a sapere fatti di cui in pochi potevano essere a conoscenza. Aggiunse al foglio "chiamare Carlo!", con un bel punto esclamativo.

Per non frapporre indugi prese la cornetta, consultò l'agenda e compose il numero di Cataldi. Dopo pochi secondi rispose la voce della Segretaria che, chiestole il nome e riconosciutala, si scusò per non poterle passare il Professore, che si trovava all'estero ed era praticamente irraggiungibile per almeno due giorni. Costanza preferì non lasciare messaggi e riattaccò. Capì, non senza delusione, che avrebbe dovuto fare a meno dei consigli e delle informazioni che Carlo avrebbe potuto fornirle.

Poi si accorse che il cellulare si stava illuminando. Era suo padre. Doveva rispondere per calmarlo, assolutamente o l'avrebbe richiamata in continuazione. Sapeva che in quella storia ci doveva finire da sola, senza coinvolgere le persone che le erano più care: i suoi genitori. Doveva tenerli fuori e nello stesso tempo tranquillizzarli. Per la prima volta voleva gestire le cose da sola e scoprire, da sola, il più possibile su quella vicenda. Poi pensò "ma possibile che quella mattina, qualcuno fosse entrato nella segreteria e avesse strappato il foglio del registro delle consegne? Forse quando era uscita per andare a parlare col Commissario? Aveva incrociato qualcuno nei corridoi o per le scale? Doveva ricostruire gli eventi e questa volta senza chiedere a nessuno, perché sapeva che non poteva fidarsi. Non doveva esporsi.

La tendenza di Costanza era sempre stata quella di fidarsi troppo, non per stupidità, sia chiaro, ma più per pigrizia mentale. Il sospetto, secondo lei, era faticoso da gestire e preferiva lasciare che gli altri la rassicurassero con il loro intervento. Si era fidata di amici, di colleghi e di persone sconosciute e il risultato era evidente. Sola, delusa dalla gente e finita a lavorare con delle persone che se avessero potuto l'avrebbero segata.

"Fede ho bisogno di parlarti, ma non ora" scrisse quel messaggio alla sua amica perché sapeva che era l'unica persona, dopo mamma e papà, di cui si poteva fidare. Le voleva bene e durante gli anni della loro amicizia aveva capito che il loro legame era forte e sotto certi aspetti più sincero di quello fra sorelle.

Senza pensieri, seguendo quasi un richiamo naturale, schiacciò l'invio sul numero di cellulare del padre e attese risposta.

Capitolo 10

La voce del padre riusciva a calmarla più di 10 gocce di Lexotan. Si era chiesta più volte se il desiderio di chiamare a casa alle prime avvisaglie di ansia non corrispondesse ad una sorta di dipendenza da sedativo. Uno dei suoi ex fidanzati un giorno le disse "Costanza, sei patologica. Non è possibile che tutte le volte che succede qualche cosa tu debba sentire i tuoi." Ogni tanto quelle parole le tornavano in mente, ma ormai si era persuasa che accettare quella parte della sua "patologia" fosse la soluzione migliore. E poi, a lei sentire la voce dolce del padre faceva bene, quindi "al diavolo quello che pensano gli altri e soprattutto gli pseudo fidanzati che si permettono di giudicarla, senza sapere e spesso senza volerle bene."

"Papà volevo rassicurarvi che qui è tutto sotto controllo. Stanno facendo le indagini e da quello che ho capito anche i rilievi sono già iniziati. Comunque il Commissario mi sembra una persona per bene", cercò di mantenere il tono di voce pacato perché la "patologia" era reciproca e più lei era calma più lui era calmo e viceversa. Infatti il padre le rispose "Sei una donna meravigliosa, Coco. Non devi preoccuparti di nulla, anzi se dovessi aver bisogno di qualche cosa sai che io e la mamma siamo qui per te." Questa era una frase che il padre le ripeteva spesso e poi aggiunse. "Cerca di andare a casa presto e pensa solo a stare bene. Vuoi che ti passo a mamma?"

Costanza si sentì stringere il cuore da quelle parole sentite tante volte, ma che le accarezzavano da sempre le corde più profonde dell'anima. Si sentiva, senza ombra di dubbio, amata e sapeva che con nessun altro essere umano al mondo avrebbe potuto provare quella completa fiducia nei sentimenti dell'altro. "Sì, passami la mamma" disse, specificando "Com'è, tranquilla?" non fece in tempo ad aspettare la risposta che sentì la voce della madre squillarle nell'orecchio "Oh, ma guarda che ne stanno già parlando alla televisione. Ho sentito al TG Lombardia che si tratta di un incidente. Prima hanno detto che un ragazzo lì da voi è stato male, poi che si è tolto la vita e adesso ci sono dei trafiletti che parlano di una probabile aggressione. Ma lì cosa dicono?" la madre aveva la capacità di mettere una certa agitazione addosso all'interlocutore. Per questo la risposta di Costanza fu secca "Mamma, cristo, cosa vuoi che dicano? Il Campus è pieno di polizia e di carabinieri che controllano ovunque. Noi siamo stati quasi tutti interrogati e io ho finito di parlare ora con il Commissario Capo della Polizia che mi ha detto di rimanere a disposizione degli inquirenti perché 'sto ragazzo aveva in mano un biglietto col mio nome. No scusa, vedi tu!" Costanza capì che si stava alterando di nuovo e quindi decise di cambiare tono. "Dai mamma, non ti preoccupare. Io sto bene e vedrai che la cosa si risolverà. Comunque quando arrivo a casa vi chiamo". Chiuse la telefonata e tirò un sospiro, poi con la coda dell'occhio notò che le colleghe non avevano ancora sollevato la testa dal computer e si chiese che cazzo stessero facendo di così importante, in una situazione tale. La verità è che quell'atteggiamento falso la infastidiva più di ogni altra cosa. Era certa che non stessero lavorando, anzi forse si stavano scrivendo l'un l'altra dalla posta personale. "Che false, ipocrite e miserabili!" pensò, mentre guardava con fare distratto l'orologio. Era passato da poco mezzogiorno e Costanza buttò lì la solita frase di circostanza. "Come ci si organizza per il pranzo?". Nessuna risposa. "Stronze" Continuò a ripeterlo nella mente e aggiunse. "Io non pranzo, oggi proprio non ho fame, ragazze. Vedo di seguire le cose che ho in sospeso per il pomeriggio e poi andrei a casa".

Le laconiche frasi delle tre colleghe non le sentì nemmeno mentre guardava la sua casella di posta e notava che era piena di mail che ancora doveva leggere. Le solite cazzate controllate e ricontrollate da una serie di figure professionali, una più inutile dell'altra.

**

Si guardò le unghie laccate di smalto e si perse nel vuoto della mente. In quel momento l'immagine del bel ragazzo che il giorno prima la stava fissando, mentre firmava il registro, la colse di sorpresa e ancora si chiese se con quello sguardo Davide avesse voluto trasmetterle qualche cosa. Forse erano solo sue paranoie e forse la stava facendo più grave di quello che era, ma non poté fare altro che chiedersi cosa poteva essere successo quella sera, solo poche ore dopo che il Campus si era svuotato dalla gente che ci lavorava. In quanti erano a lavorare lì in via Cantore? Saranno stati almeno 200? Contando tutta la parte che dava su via Spinelli e affiancava tutto il lato est della Fitolison. Mentre quei pensieri s'intrecciavano nella sua mente, Costanza cercò di rispondere alle mail che si erano accumulate. Poi d'un tratto ripensò a qualche cosa che durante i mesi precedenti le era saltato all'occhio quando smistava le bolle dei pacchi in consegna. Si era chiesta perché su alcune ricevute ci fosse la sigla FTLN. Si ricordò che qualche tempo prima l'aveva chiesto anche a quelle mummie delle colleghe, che ovviamente non avevano saputo dirle nulla di chiaro. E se FTLN stesse ad indicare l'azienda farmaceutica che era proprio adiacente al Campus? D'un tratto le uscì un gemito e si portò la mano sinistra alla bocca. "Cazzo, non ci posso credere. FTLN poteva essere l'abbreviazione di Fitolison?" Doveva assolutamente controllare in qualche altro documento perché ora il registro era stato sequestrato e in più la pagina della consegna fatta a Davide era stata sottratta.

Un pensiero cominciò a farsi largo nella sua mente e riguardava proprio quell'azienda farmaceutica, sorta da almeno una decina d'anni, che nel tempo aveva acquisito sempre più importanza grazie ad un farmaco sperimentale. Costanza si rese conto che forse c'era molto che doveva ancora scoprire e che questa volta non avrebbe fatto finta di nulla. Questa volta doveva capire cosa era successo a Davide, se aveva a che fare con la Fitolison e soprattutto cosa c'entrava lei in questa storia.

Riaprì il file della mattina e annotò anche quell'ultimo pensiero sulla Fitolison, scrivendo dei punti: "1- Vedi FTLN su quali pacchi risulta. 2- Esiste collegamento fra FTLN e Davide Lanza? 3- Ottenere maggiori informazioni possibili su FTLN." Poi tornò al punto precedente che riguardava Carlo Cataldi e si disse che forse era proprio la persona che avrebbe saputo dirle qualche cosa di più su ciò che riguardava l'ospedale, il Campus e questa Fitolison. Si ricordò che un giorno, durante un loro incontro davanti al caffè della mattina, lui le stava proprio parlando di svariati interessi (per lo più economici) che l'ospedale e soprattutto il Campus sicuramente intrattenevano con la Fitolison. Anzi, per quello che ne sapeva probabilmente la Fitolison era stata fortemente voluta dallo stesso Consiglio d'Amministrazione dell'ospedale. Insomma era un tipico caso d'inside-trading. Il comitato etico e il comitato amministrativo avevano creato una specie di società per azioni e dalla piccola azienda chiamata Stagma s.r.l. era sorta un'azienda internazionale, chiamata Fitolison, che negli ultimi mesi era stata pure quotata in borsa.

Si domandò anche, mentre fissava il suo pc e le mail che lampeggiavano di continuo a lato dello schermo, se il Prof. Comucci sapesse qualche cosa di tutta quella storia che Carlo le aveva giusto accennato durante una delle loro conversazioni amichevoli. Del resto anche lui faceva parte del comitato etico dell'ospedale e quindi poteva spiegarle qualche cosa in più.

A quel punto si affrettò a dire: "Ragazze io sono in ritardo e devo andare a ritirare la posta in entrata. Se dovesse arrivare qualche fattorino per la consegna di qualche pacco, mi raccomando, cercate di capire come dobbiamo gestirli al momento, dato che la polizia ci ha sequestrato il registro".

Le tre meschine non fecero nemmeno una piega, rimasero fisse con lo sguardo al loro pc.

"Al diavolo!", pensò, e mentre si alzava dalla sedia ergonomica vecchia e scassata si accorse di aver fatto cadere le chiavi dell'ufficio, alle quali aveva appeso un grosso portachiavi a forma di uccello, che le aveva regalato il suo nipote più grande. Sbuffando fragorosamente, si piegò sulle ginocchia e le raccolse, ma quando si alzò, sentì la testa girarle vorticosamente. Si risedette e, passandosi una mano sulla fronte, disse "Ragazze che giornata di merda, meglio che non mi muova di qui e per oggi al diavolo la posta!".

Capitolo 11

Solamente Laura alzò il testone dopo quell'esclamazione circa la giornata non particolarmente gradevole e resuscitò da dietro lo schermo come uno zombie. Quel viso largo con gli occhi e la bocca piccolina suscitavano in Costanza un senso di malessere perché mancava proprio di proporzione e le ricordava una di quelle donne brianzole che non avevano nulla di bello, ma nemmeno delle gravi anomalie: erano solo insipide. Occhi, viso, capelli di un colore non ben definito le facevano apparire sempre e comunque sciatte. Sollevando il capo, la collega sembrò risponderle, ma in realtà fece solo una lieve flessione della testa sul lato sinistro, strizzando gli occhietti che si fecero ancora più piccoli e umidi. Costanza interpretò quel gesto come un segno di assenso, anche perché quella era sicuramente per tutti una giornata disastrosa.

Fissando per un po' il viso di Laura, pensò come sempre che fosse veramente un gran cesso e poi disse "Siete d'accordo che sia meglio non muoverci troppo e che magari il giro della posta oggi possiamo evitarlo?" Era incredibile come, tutte le volte che osservava le colleghe, le venisse in mente sempre e solo che la loro bruttura era sia fisica che caratteriale. Infatti, quei cessi non le risposero nemmeno e lei si rifugiò fra le pagine d'internet per leggere le testate principali dei quotidiani e se per caso la notizia fosse già stata riportata e storpiata a loro piacimento. Non c'era nessun articolo, ma probabilmente lo scoop non era ancora stato lanciato in rete.

Distolse lo sguardo dal pc ed il pensiero da quelle ragazze insulse e decise che non era il caso di insistere nel tentativo di comunicare con loro e che se quelle tre avessero avuto voglia di andare a mangiare lei avrebbe deciso come al solito in maniera autonoma. Così bevve un sorso d'acqua e guardò ancora una volta gli appunti presi quella mattina. Ci pensò parecchio e poi decise di stampare il file e di cancellarlo, perché non voleva che sul suo pc rimanessero tracce che potessero essere controllate tramite i sistemi informatici interni. Quindi si tranquillizzò e aspettò che quelle poche ore che la dividevano dall'uscita non le creassero ansie ulteriori.

Prese il foglio che era uscito dalla stampante e lo ripiegò, mettendolo via nella sua borsa. Quella borsa era veramente chicchissima, sicuramente esagerata per quell'ambiente di gente senza alcun gusto. Gliel'aveva regalata Carlo Cataldi per il suo compleanno e, come tante altre cose che lui le aveva regalato, era bella e di classe. Quando le fece il primo regalo, Costanza si domandò il perché e con molta onestà gliel chiese perché se ci fosse stato un qualche motivo sospetto (magari un secondo fine poco lecito) certo lei non avrebbe accettato e forse non avrebbe neppure continuato quella bella relazione di tenera amicizia. E così una mattina, mentre sorseggiavano il loro abituale caffè del mattino, lui le spiegò che farle un regalo era un gesto semplice di ammirazione verso una delle poche donne che in quegli anni gli avesse regalato una cosa rara: la sincerità. Per Carlo il rapporto che si era instaurato fra loro lo riportava a quelle amicizie vere e pulite che solo in gioventù aveva vissuto. I regali non erano nulla in confronto a ciò che Costanza era in grado di dargli davanti ad un caffè con la semplicità e il solo piacere di berlo assieme, magari facendosi due risate.

Così le ore passarono e Costanza sembrò entrare in una bolla di pensieri che la isolarono da ciò che la circondava. Non si accorse che le tre colleghe si erano alternate per andare a mangiare in mensa, non si accorse che era rientrata e uscita quella stronza del suo Capo che cercava di sbirciare quello che lei faceva e non si accorse neppure quando Aldo entrò in ufficio e salutò tutte ad alta voce. Aldo dovette picchiettare sullo schermo del suo pc per richiamare la sua attenzione.

"Buongiorno Costanza, sei in completo isolamento acustico e mentale?" disse facendola trasalire.

"Oh mamma mia Aldo, scusa non mi ero accorta che fossi entrato." Poi si girò verso le colleghe e vide che si erano tutte ringalluzzite perché la presenza di quell'uomo suscitava sempre un certo fermento a livello ormonale femminile.

"Stai uscendo?" le chiese, fissandola mentre lei era intenta a smistare la posta che quel giorno le fu recapitata in ufficio, per evitare che ci fosse troppo via vai di gente per il Campus. Questa cosa l'aveva stabilita la Lo Savio perché in quei giorni non voleva che i dipendenti del Campus perdessero tempo in chiacchiere pericolose o che si potessero imbattere in estranei sfuggiti ai controlli delle guardie alla reception o che soprattutto si scambiassero informazioni alimentando pettegolezzi pericolosi.

Costanza si era chiesta a cosa servisse quell'atteggiamento, visto che, una volta usciti da lì, i dipendenti potevano parlare e dire qualsiasi cosa ai giornalisti di svariate testate della tv o ancora peggio potevano scambiarsi boiate anche in forma anonima su quella miriade di social che ormai impestavano la rete.

Presa com'era da quei pensieri e dalle varie buste della posta, alzò lo sguardo verso Aldo e lo fissò per un lungo attimo, prima di rispondergli con un sospiro "Sì, esco fra poco. Cerco di smistare questa corrispondenza e poi vedo di uscire il più in fretta possibile. Sono stravolta e non vedo l'ora di andare a casa dalla mia gatta."

"Capisco" rispose Aldo alzando le lunghe braccia in un gesto simile ad un albatros che sta per spiccare il volo e aggiunse, con un tono di voce che a Costanza risultò decisamente fuori luogo, "Forza su, mi raccomando teniamo duro ragazze". Tergiversò su qualcos'altro, rivolgendosi poi a una delle tre per avere ragguagli su uno dei suoi tanti seminari che avrebbe dovuto tenere in quei giorni lì al Campus. A Costanza sembrò che volesse perdere tempo per aspettare che lei sbrigasse le ultime pratiche e si decidesse ad alzarsi per lasciare la postazione. Forse si sbagliava, ma le era proprio sembrato che lui stesse lì apposta per cercare di andare via insieme a lei. Così, d'un tratto, decise di spegnere velocemente il pc e di riordinare la scrivania. Guardò l'ora e vide con la coda dell'occhio che Aldo stava spostandosi verso l'ingresso dell'ufficio, parlando a voce sempre più alta come se volesse accomiatarsi. Niente da fare, Costanza aveva avuto la sensazione giusta, il Professore la stava aspettando ed era sceso con una scusa nel loro ufficio perché conosceva benissimo l'orario in cui lei se ne andava ogni giorno.

Prese la sua borsa firmata e se la mise al braccio tenendo chiavi e badge a portata di mano, perché voleva uscire senza perdere minuti preziosi a ravanare come una forsennata nella borsa davanti al timbro. Guardò le ragazze, ancora eccitate dalla presenza di Aldo, e aggiunse, senza troppa enfasi, "Ciao ragazze, se non c'è altro io me ne andrei a casa. Direi che ne abbiamo avute tutte abbastanza, no? Ci vediamo domani!". In quel preciso istante Aldo troncò la frase e smise di parlare con Sara e rivolgendosi a lei disse "Ecco, la bella Costanza se ne va e ci lascia al nostro triste destino".

"Che cazzate dice quando vuole attirare l'attenzione", pensò Costanza, "come se ne avesse bisogno poi. È talmente bello che potrebbe essere muto e tutti lo noterebbero lo stesso ma lui no, deve affascinare anche con quel modo da seduttore incallito". Gli sorrise e poi sorrise anche alle ragazze, cercando di nascondere quel po' di imbarazzo che quelle parole le avevano lasciato sulle guance.

Si avviò per il corridoio verso le scale e sentì che Aldo la stava seguendo chiamandola a bassa voce. "Costanza, aspetta! Ti accompagno un pezzo verso l'uscita". Costanza si girò e gli rispose brusca. "Non puoi aspettare nemmeno un momento? Ho capito che mi devi parlare, non sono deficiente". A quelle parole Aldo le prese il braccio destro che reggeva la borsa e la fissò negli occhi e a denti stretti con un filo di voce le disse: "Costanza stai attenta".

Lei si divincolò sentendo che avrebbe invece voluto tuffarsi nelle sue braccia, affondando il viso nel suo petto per respirare quel suo odore di uomo grande. Invece s'irrigidì e cercò di capire che cosa c'era che la infastidiva. Perché la stava assillando con mille messaggi? Perché le doveva assolutamente parlare? E soprattutto perché adesso le diceva di stare attenta? Attenta a che cosa?

"Aldo, ci sentiamo dopo e magari ci mettiamo d'accordo per vederci più tardi o al massimo domani mattina. Io ora me ne voglio andare a casa". Le sembrò quasi di urlargli in faccia anche se in realtà sussurrò appena.

Poi si rese conto di essere già uscita dal Campus, di avere passato il badge nei girelli dei controlli e di aver già aperto l'auto col telecomando. Aldo la seguiva e probabilmente le stava pure parlando. In un altro momento si sarebbe persa nei discorsi di quell'uomo che l'aveva affascinata dal primo giorno in cui aveva messo piede al Campus, ma non quel giorno.

Lui sembrò quasi volesse salire in auto con lei, invece le trattenne la portiera mentre lei posava la borsa da figa sul sedile del passeggero.

"Ti prego, te l'ho già detto, stai attenta e mi raccomando non parlare con nessuno." Questa volta glielo disse con la sua bella voce profonda e calda, indugiando su quel confine ideale che permette alle persone di non sprofondare nell'abisso di un bacio.

Il suo bel professore aveva ragione e lei gli rispose convinta "Hai ragione non chiamo e non contatto nessuno, ora vado ciao".

Costanza non sapeva ancora che da quel momento in poi le cose avrebbero preso una piega del tutto inaspettata.

Capitolo 12

In macchina Costanza percepì istantaneamente un caldo atroce e cominciò a sentire le gocce di sudore che le scendevano dal petto, fra i piccoli seni. Avviò la Smart che era rimasta sotto il sole tutto il giorno. Salutò con un cenno Aldo, rimasto come un ebete a fissarla dal marciapiede e si lanciò per le strade trafficate di Milano.

Fece mente locale e si rese conto solo in quell'istante della folla di giornalisti che si era creata fuori dal Campus.

Stavano sicuramente aspettando che uscisse il Direttore o qualcuno di importante, pensò, perché a lei e ad Aldo non avevano dato molto peso. Forse Aldo al ritorno sarebbe stato bloccato da qualche bella giornalista che voleva mandare in onda l'intervista con un bell'uomo.

"Beh ok, chi se ne frega" si disse mentre si accendeva una sigaretta e svoltava in via Crema per prendere la circonvallazione che l'avrebbe portata verso piazza della Repubblica. Da lì poi ci voleva ancora un bel pezzo per raggiungere la parte nord di Milano, dove Costanza abitava da sempre. Era nata in via Grioli e, quando aveva comprato casa, c'era ancora la lira, l'aveva presa sempre in via Grioli al numero civico di fianco alla casa in cui abitavano i vecchi genitori.

La zona Affori negli anni si era rivalutata moltissimo e ora lei si trovava con un bellissimo appartamento in una zona non lontanissima dal centro, ma decisamente scomoda rispetto al Campus e all'Ospedale, che si trovavano da tutt'altra parte.

Ormai si era abituata ad andare in auto avanti e indietro da casa al Campus e per lei era come mettere il pilota automatico. La Smart poi, col cambio automatico, le permetteva di fumare, telefonare e qualche volta anche mandare messaggi.

Anche quel giorno mandò un bel po' di messaggi, primo fra tutti alla sua amica, che subito la richiamò.

"Ciao Fede, sono in macchina e me ne sto andando a casa. Sono sconvolta, magari ci sentiamo più tardi." L'amica capì subito che Costanza non aveva intenzione di dire più di tanto e si accontentò di sapere che aveva solo bisogno di sdraiarsi a casa con la gatta, almeno per il momento.

Federica e Costanza si conoscevano da anni e avevano imparato a rispettare i tempi l'una dell'altra. Se c'era una cosa che entrambe sapevano molto bene era che potevano contare sull'appoggio reciproco e che la loro amicizia era cresciuta con un lavoro lungo, fatto di rispetto e di comprensione. Quel rapporto era il più lungo che lei era riuscita a mantenere giorno per giorno, come la sua piantina di orchidee. Non bisognava darle né troppa acqua né troppo poca.

Possibile che Costanza non avesse ancora capito che la misura di sé stessi sta proprio nel capire i bisogni dell'altro? Il gelsomino che aveva sul bel balcone di casa sua, per esempio, di cosa aveva bisogno? Più acqua, meno acqua, più sole, meno sole? Boh.

Distratta dal nulla dei pensieri, si ritrovò sulla via principale che l'avrebbe portata dritta in via Pellegrino Rossi per poi girare a sinistra in via Armellini, passata la nuova Esselunga e la fermata della metropolitana Affori Centro, poi ancora a sinistra per imboccare la via Grioli, che era a senso unico.

Decise di lasciare fuori la Smart, parcheggiandola proprio davanti al suo stabile. Prima di spegnere il motore ascoltò la canzone che stava passando la radio in quel momento "…niente dura niente dura e questo lo sai… però non ti ci abitui mai…" Vasco.

Mentre raccoglieva la borsa, spense l'auto e si accorse che la portinaia era intenta a sistemare gli svariati vasi di fiori del giardino del condominio. Carla Sferzi era una signora di una certa età ed era la classica portinaia della vecchia Milano. Quando la vide, non si trattenne dal chiamarla "Ciao Costanza, te se già mo a ca'?", parlava solo in dialetto milanese e si impicciava come da copione dei fatti privati di tutti i condomini. Infatti le chiese subito "ma se l'è sucess là 'nduet lavoret' ti? Al TG ho sentù che ghè 'n burdel del signur".

Costanza le rispose come al solito dandole del lei perché non aveva mai voluto darle troppa confidenza, nonostante la conoscesse da quando era una bambina, come al solito senza darle alcuna soddisfazione. "Buongiorno Carla. Ah non so nulla, forse sa di più lei che ha guardato i telegiornali di me che lavoro là". Poi aggiunse "Senta, mi scusi, sa se Antonio e Stefano sono rientrati?". La vecchia portinaia si infastidiva parecchio quando sentiva i nomi dei due suoi vicini di casa, una bellissima coppia di omosessuali che abitava in quel palazzo ormai da almeno 10 anni e che Costanza riteneva una delle coppie più belle ed affiatate che conoscesse. Ovviamente non tutta la gente capiva ed accettava quell'unione.

Milano era una grande metropoli e con l'Expo si dava pure un'aria internazionale. A veder bene però rimaneva una città con delle forti caratteristiche provinciali. Carla ne era un esempio quasi da manuale e purtroppo Costanza conosceva tantissima altra gente che aveva lo stesso tipo di atteggiamento. "Metropoli moderna un par de balle!" scherzava talvolta quando parlava proprio con i suoi due amici Anto e Stè, con i quali condivideva tante passioni e tante serate. Spesso, quando non erano in viaggio o via per qualche evento sportivo, si mettevano a parlare di ciò che avrebbero voluto fare nella vita e dei loro sogni, seduti nel salotto di casa di lei, mentre le immagini del canale del loro amato tennis scorrevano in televisione.

Costanza non si accorse neppure di ciò che stava borbottando in milanese stretto la portinaia e guardò dentro la sua casella della posta. Prese il plico delle lettere (quasi tutte bollette) e si accorse che c'era una busta insolita. Aprì la porta blindata, staccò l'allarme e posò la posta sul mobile di legno antico che si trovava vicino all'ingresso; era stato un regalo del padre ed era un tocco di grande classe perché si sposava perfettamente con lo stile moderno ma caldo dell'intero appartamento. Aveva altri pezzi antichi, fra cui uno splendido tavolo-scrivania della fine del settecento francese nello studio e un comò Biedermeier in camera da letto. Inoltre, l'argenteria antica inglese che il padre collezionava e spesso le regalava era posta con gusto, sia in sala sia in camera da letto. Costanza poi adorava i tappeti e ne aveva parecchi sparsi per casa perché le piaceva camminare a piedi nudi senza sentire il freddo dello splendido marmo arabescato orobico che correva per tutto l'appartamento, tranne che nello studio e nelle camere.

Insomma, la casa era molto bella e molto ben arredata. Ogni tanto si lamentava del fatto che all'appartamento mancava la mano di un architetto, ma nello stesso tempo era orgogliosa di aver creato un luogo piacevole e di stile.

La gatta rossa Mimi era il tocco finale di quella grande armonia di colori e luci che caratterizzava i diversi ambienti. Ogni tanto si metteva su un mobile e sembrava un soprammobile scelto con cura nelle stesse nuance di colori caldi dall'oro all'arancio e al rosso ma con un tocco rigoroso di grigio, di beige e di bianco antico.

Una volta entrata, non vide l'ora di levarsi quelle stramaledette scarpe coi tacchi, di spogliarsi e di infilarsi la sua mise da casa, che generalmente consisteva di pantaloni morbidi e leggeri della tuta, una magliettina chiara molto abbondante che doveva essere appartenuta ad un suo vecchio amante e di stare rigorosamente piedi nudi.

Dopo aver dato la pappa alla micia, telefonò a casa dei genitori per dirgli che era rientrata, che era tutto a posto e che non c'erano novità di rilievo. Compose poi il numero di casa di Stefano e, guardando la posta che aveva lasciato sul mobile all'ingresso qualche minuto prima, mise il telefono fra l'orecchio e la spalla e sentì la voce dolce dell'amico che le diceva "Ma amore mio bello, perché tutte le volte invece di telefonarmi non suoni alla porta?". Quelle parole, che solitamente la facevano sorridere, Costanza non le sentì proprio perché in quel momento si accorse che dentro la busta anonima che aveva intravisto fra le bollette c'era un foglio bianco con poche righe scritte al computer. La vista le si annebbiò per un momento e poi urlò "Stè, cazzo, vieni subito! C'è qualche cosa che non capisco. Corri!" Il telefono le cadde e finì sul tappeto. Con ancora il foglio in mano aprì la porta in attesa di veder comparire l'amico sul pianerottolo.

Capitolo 13

Stefano vide il viso di Costanza stravolto e lo slancio affettuoso a braccia tese verso di lei si spense quando capì che la sua bella amica teneva in mano un foglio e glielo porgeva con gli occhi sgranati. Costanza non lo salutò nemmeno e disse "non ci posso credere Stè, assieme alle bollette c'era questa strana lettera, prova un po' a vedere cosa dice". "Calmati Costanza" disse Stefano prendendole il foglio dalle mani e sedendosi al tavolo della cucina. "Adesso ti tranquillizzi un momento, mi fai un caffè, mi spieghi che cazzo è successo e poi aspettiamo Antonio che oggi ha deciso di venire a casa prima proprio perché sapeva che ti sarebbe servito il nostro aiuto". Solo la presenza e la voce di Stè riuscirono a calmare Costanza che, sedendosi di fronte a lui, pensò se non fosse il caso di prendersi un Tavor sublinguale. Poi però decise che era meglio di no perché in alcuni casi le aveva fatto un effetto paradosso, agitandola ancora di più. Anto e Stè erano a conoscenza dei trascorsi turbolenti di Costanza ed erano fantastici nel cercare sempre di avere un atteggiamento di protezione nei suoi confronti.

Stefano lesse più volte quella frase scritta in centro al foglio. Lo rigirò due o tre volte osservando i diversi caratteri che componevano quelle due righe. Era un miscuglio di book-antiqua, verdana, arial, bold e altri caratteri irriconoscibili. "Questo c'aveva tempo da perdere" disse per stemperare come al suo solito la tensione. Costanza fissava il volto scarno dell'amico, sfregando il pollice della mano destra sul palmo della sinistra per distendere le solite contratture e, con la voce che le rimbombava nelle tempie, "ma hai capito di che si tratta? Questa è una cazzo di lettera anonima, Stè. Non credo proprio sia qualcuno che si sta divertendo."

Stè le prese le mani e disse "Bella mia, fammi 'sto benedetto caffè e cerchiamo di riflettere un momento. Da quanto non guardi nella tua cassetta della posta?"

"Da 2 o 3 giorni al massimo. Sai che non guardo tutti i giorni, ma posso sempre chiedere a Carla quando e soprattutto chi gliel'ha lasciata. Come vedi sulla busta non c'è scritto nulla, c'è solo il mio nome stampato su un'etichetta bianca. Boh. Guarda Stè, 'sta storia mi sta mandando al manicomio e sono passate solo poche ore da quando quel Commissario mi ha detto della morte di Davide, del biglietto col mio nome trovato nella sua mano e della pagina strappata del registro delle consegne. E ora questo..."

Costanza riguardò con attenzione il testo e lo trovò veramente assurdo.

"Ci vuole **COSTANZA** per coltivare il nostro amore.
Chi cerca trova. *Davide* **ha trovato la morte** e la *pace nel suo giovane cuore*..."

Nel frattempo l'amico si era alzato e aveva preparato il caffè, osservando Costanza che leggeva e rileggeva quella frase, e aggiunse "Bella mia, la smetti di fissare quel foglio? raccontami piuttosto di 'sto Commissario. Cosa ti ha detto?" Il rumore del caffè che usciva dalla moka riuscì a far alzare lo sguardo di Costanza, che si era messa persino gli occhiali da presbite per vedere le parole scritte con carattere troppo piccolo.

I due amici sorseggiarono il caffè caldo dalle belle tazzine del servizio da cucina di Costanza, tenendosi per mano uno di fronte all'altra. Lui le accarezzava il dorso della mano con il pollice e quel contatto la faceva star bene. Costanza si accorse che la micia le si era arrotolata sulle ginocchia schiacciandosi sotto il tavolo pur di starle addosso. "Quanto amore", pensò guardandola per un po', prima di riportare a Stè tutti i particolari di quella giornata.

Gli parlò soprattutto del bel Commissario e di come l'aveva rassicurata, nonostante probabilmente lei fosse una delle persone a cui il povero Davide aveva pensato negli ultimi istanti della sua giovane vita. Gli raccontò dell'atteggiamento di merda delle sue colleghe e soprattutto della Lo Savio. "Quella stronza" esclamò Stefano quando sentì il suo nome, suscitando una risata improvvisa di Costanza che scosse la testa in segno di approvazione. Poi gli disse dello strano comportamento di Aldo e della sua insistenza nel volerle parlare e Stefano esclamò "chi, il professore? Che cazzo vuole pure lui?" Costanza a quel punto scoppiò in una sonora risata perché sapeva che Stè si era messo in modalità "scherzo" e a lei quel suo modo di fare la faceva morire dal ridere. Infatti l'amico rincarò la dose e proseguì nel suo "gioco" perché si accorse che Costanza ne aveva bisogno. "Vuoi vedere che adesso il Prof con la scusa delle indagini vuole infilare il piede nel tuo letto?"

Costanza rise ancora più forte e la gatta si buttò giù dalle ginocchia, infastidita. Ormai Stè era partito e ricominciò "sfanculalo subito 'sto qui che altrimenti te lo ritrovi a vagare in mutande per casa tua". Lei aveva le lacrime dal ridere e riuscì a mala pena a dire "Piantala! mi fai strozzare!"

In quel momento sentirono la porta aprirsi. Era Antonio, che aveva l'abitudine di entrare senza bussare o suonare alla porta perché voleva vedere se Costanza e Stefano si fossero ricordati di chiudere a chiave. I due si guardarono complici e si precipitarono verso l'ingresso. Troppo tardi però, perché sentirono Antonio che borbottava, appoggiando la borsa di Michael Kors sulla sedia vicino al mobile dell'entrata, e vedendoli uscire dalla cucina tutti sorridenti disse "Beh? È qui la festa? Meno male che ero pronto ad assistere ad un caso disperato, ma vedo che come al solito ve la spassate, voi due".

La gatta si era messa a strusciarsi col muso sui pantaloni di fresco lana leggeri che Antonio portava alla perfezione, dato il suo fisico atletico e tenuto in gran forma anche dall'alimentazione vegetariana/vegan che Stefano imponeva a tutti quelli che gravitavano nella sua sfera affettiva. Ci aveva provato più volte anche con lei che però resisteva stoicamente, dichiarando che era assurdo che si nutrisse solo di bacche e frutta, se poi fumava quasi un pacchetto di sigarette al giorno.

Antonio accarezzò la micia che si gettò ai suoi piedi per farsi stravolgere di carezze, lui si piegò sulle ginocchia grattandole la pancia, rivolse lo sguardo ai due dal basso all'alto e disse "Quindi? volete spiegarmi che diavolo sta succedendo?"

Costanza fece un resoconto dettagliato all'amico, che ormai si era seduto sul tappeto con la gatta fra le gambe. Stefano lo guardava, appoggiato allo stipite della porta della cucina e probabilmente pensava a quanto fosse fortunato a stare con un uomo così attraente.

Dopo aver analizzato la lettera anonima, Antonio sentenziò con voce profonda "devi chiamare il Commissario e dirgli di questa". Porse la lettera all'amica e la guardò con un abbozzo di sorriso. Poi aggiunse "Chiamalo ora!".

Capitolo 14

Costanza salutò i suoi adorabili vicini appoggiata con la mano sulla porta d'ingresso. I due non la smettevano di darle raccomandazioni. "Chiudi la porta, cerca di mangiare qualche cosa, se hai bisogno chiamaci, rilassati e non pensare a nulla, chiama il Commissario e digli della lettera"

Costanza continuava ad annuire con il capo e ad un certo punto disse "Sì Sì, ora mi sdraio e mi riposo un istante, poi lo chiamo. Se ho bisogno vi faccio uno squillo. Ragazzi scusate ma ho proprio voglia di starmene un momento da sola". Chiuse la porta, diede tutte le mandate e spostò anche il passino, versione moderna della catenella. Sentì i due che si allontanavano e che probabilmente commentavano qualche cosa, ma lei si appoggiò di schiena alla porta fissando la gatta che era seduta sulle zampe posteriori e la fissava come volesse ipnotizzarla.

"Cosa c'è, amore mio? Vuoi che ti apra un po' l'acqua fresca nella vasca?" si rese conto che ormai l'unico essere a cui si rivolgeva con quei toni affettuosi era la sua micia. Chiuse per un istante gli occhi e quando li riaprì la gatta era già sparita chissà dove e a lei saltò agli occhi il suo cellulare che aveva posato sul piano del mobile antico dell'ingresso mentre parlava con i suoi amici.

Le vennero in mente le parole di Antonio e mentre stava per afferrare il cellulare trasalì al suono del forte squillo del telefono di casa.

Chi la stava chiamando? Quelli delle compagnie telefoniche? i suoi?

Si precipitò in cucina dove c'era la base del cordless di casa e rispose. "Pronto?" la voce all'altro capo era di una donna e all'inizio a Costanza sembrò proprio la tipica voce dei call center. Stava già per salutare bruscamente, quando la donna si affrettò a dire "Dottoressa Kress mi chiamo Serena Socci e la chiamo per farle delle domande circa l'incidente di oggi al Campus dove lavora." "Come, scusi?" si affrettò a rispondere Costanza che in quel momento stava cercando il numero del Commissario per salvarlo sulla rubrica del cellulare.

"Sono Serena Socci e lavoro per "l'Indagine" il programma che va in onda su rete 4 in prima serata." La donna parlava in maniera concitata e veloce e non lasciava spazio all'interlocutore di ribattere, proprio come le voci dei call center.

"Il mio direttore mi ha chiesto di contattarla per avere in esclusiva il resoconto di ciò che è accaduto al Campus in queste ore. Che idea si è fatta circa l'accaduto? Conosceva il ragazzo deceduto poche ore fa a seguito dell'aggressione avvenuta al Campus ieri sera? Possiamo parlare un momento e magari concordarci per la sua presenza qui in studio per la diretta di domani?"

Costanza ad un certo punto non riusciva più a seguire ciò che la donna le stava dicendo e, immaginando che quella conversazione potesse essere registrata, disse con estrema calma "Buonasera. Come ha detto che si chiama, scusi?" l'interlocutrice si precipitò a ripetere "Serena Socci, vede…" stava ricominciando a parlare come una macchinetta e Costanza la fermò con voce determinata, "Serena, mi ascolti bene. Rispetto molto il suo lavoro e la capisco. In questo momento non ho la possibilità di parlare con lei. Devo salutarla. Mi spiace essere scortese ma devo proprio mettere giù e lasciare libero il telefono." Niente da fare, la donna stava ripartendo con un filotto di domande e di allusioni assurde che Costanza non volle nemmeno sentire. Clic. Interruppe la comunicazione. Al diavolo i giornalisti. Lo sapeva, la notizia aveva già fatto il giro di giornali e televisioni e chissà quanti attacchi avrebbe dovuto schivare da quel momento in poi.

Sapeva benissimo come riuscivano a intrufolarsi nella vita delle persone ed ebbe un altro leggero capogiro. Tante volte con sua madre o con la sua amica Federica avevano commentato quei programmi di cronaca, dove purtroppo l'opinione pubblica veniva spesso pilotata dai giornalisti che decidevano random chi tartassare e ne decretavano la colpevolezza o l'innocenza in poche ore di talk show, fra ospiti di ambigua competenza. In quei programmi, i giornalisti evidenziavano come dovesse essere solo compito degli inquirenti portare avanti le indagini e che linea tenere, intanto però la loro opinione influenzava a tal punto la cronaca da riuscire a dirottare le indagini in un verso o nell'altro. Era un fenomeno sociale pazzesco.

Mentre cercava di non pensare a che cazzo di situazione assurda le stava capitando, decise di seguire il consiglio di Antonio e di telefonare immediatamente al Commissario.

Prese il biglietto da visita di Sergio Laurenti e memorizzò il numero di telefono sulla rubrica del cellulare, poi diede invio e attese. La gatta si sedette vicino a lei cominciando a fare le fusa appena le appoggiò la mano sulla testina.

Il cellulare di Sergio squillò a vuoto e Costanza si sentì pervadere da una stanchezza pazzesca. Doveva forse mangiare qualcosa? Decise di stendersi un momento, scostando la gatta che nel frattempo si era allungata ben oltre la metà del divano. Non appena si mise nella sua solita posizione di relax la gatta si affrettò a posizionarsi fra il collo ed il petto della sua adorata padrona e intensificò il tono delle fusa. "Ecco ora sono tua, puoi possedermi!" pensò lei, convinta che quella micia in qualche modo aveva il desiderio di accudirla come un suo cucciolo.

***

Si stava assopendo, lasciandosi cullare dal suono magnetico delle fusa feline, quando la tarantella impostata come suoneria del cellulare la fece sollevare di scatto. Sentì le unghie della gatta che le penetravano nella carne del petto e lanciò un urlo proprio mentre stava per rispondere alla chiamata. "Pronto? Costanza?" Sergio cercò di capire se aveva schiacciato erroneamente il rinvio della chiamata e guardò il display del cellulare ma in quel momento sentì la voce di Costanza rispondere "Sì, pronto Sergio, scusa sono io", era riuscita a divincolarsi dalla gatta e dal suo stesso torpore e cercò di nascondere quel momento d'imbarazzante intimità alzando leggermente il tono della voce "Ciao Sergio, grazie di avermi richiamata. Ho necessità di parlarti perché è successa una cosa che mi ha un po' allarmata. Ho ricevuto una lettera. Credo si tratti di una lettera anonima." Ci fu una lunga pausa e poi sentì la voce calda di Sergio "Scusa? Cos'hai detto? Che lettera? Quando l'hai ricevuta?" e poi aggiunse "Sei lì da sola?"

Costanza non capì cosa volesse dire con quell'ultima domanda e rispose "Sì sono qui da sola, perché? La lettera l'ho trovata appena rientrata a casa nella casella della posta. È scritta con caratteri tutti diversi e dice "Ci vuole costanza per coltivare il nostro amore.
Chi cerca trova. Davide ha trovato la morte e la pace nel suo giovane cuore..." Ti rendi conto?" Sergio la interruppe subito prima che lei aggiungesse altro. "Cazzo Costanza, perché non mi hai chiamato immediatamente? Ti rendi conto di quello che sta succedendo? Hai visto i telegiornali? Sta venendo fuori un casino. Il Capo della polizia è un coglione ed evidentemente si è fatto "scappare" qualche indiscrezione di troppo. Hanno fatto anche il tuo nome."

Costanza si alzò in piedi di scatto e disse "Cosa? Il mio nome? Ohmmioddio Sergio e ora? Cosa devo fare? Ho anche ricevuto una telefonata da una giornalista. Vuoi dire che stanno già infarcendo la storia?" Costanza stava entrando in "modalità panico" e Sergio, che si rese conto dell'onda emotiva su cui stava scivolando la donna, la interruppe subito dicendo "Ascoltami bene. Stai tranquilla. Certo è scoppiato un bel bordello, ma ho tutto sotto controllo. Riesci a non rimanere da sola questa sera? Io purtroppo ho delle pratiche urgenti da sbrigare. Domani mattina presto vengo da te prima che tu vada in ufficio.

Ti chiedo solo una cosa..." Costanza si calmò un po' anche solo sentendo quella voce calda che le parlava e rispose "Dimmi..."

"Non parlare con nessuno di questa storia e tanto meno della lettera. Io cerco di arrivare da te entro le sette mezza domani mattina, così me la consegni e faremo analizzare anche quella. I RIS hanno terminato i primi rilievi, ma sicuramente dovranno tornare in quel laboratorio altre volte. Nei prossimi giorni poi spero di riuscire ad avere il referto informale dal patologo che sta effettuando in queste ore l'esame autoptico." Sospirò e aggiunse "Costanza so che sei una donna intelligente e con te posso essere chiaro. Non è una situazione semplice e sai benissimo che il panico non aiuta. Se le indagini dovessero prendere la strada sbagliata potremmo anche non riuscire mai a capirci nulla di questo caso e potremmo anche non trovare mai l'assassino di questo povero ragazzo. Dobbiamo cercare di non escludere o tralasciare nessun indizio." Con un po' più di calma lei riprese a comunicare in maniera più attenta "Sergio, l'unica cosa che non voglio è di essere tirata dentro ad una storia assurda e che il mio nome venga sbattuto in pasto ai giornalisti. Ho seguito le ultime vicende di cronaca e, non appena fanno il nome di un ipotetico colpevole di un omicidio, cominciano a martellare fino a quando persino la magistratura si persuade della sua colpevolezza e l'epilogo è già chiaro. È quello che si aspettano tutti. Non mollano l'osso. Nessuno dichiarerà mai di aver sbagliato. Ti confesso che questo mi fa più paura del fatto in sé."

Il Commissario a quel punto disse una cosa che a Costanza suonò come familiare. "Fidati di me, Costanza. Ora cerca di riposarti e se puoi vai a dormire dai tuoi o da una tua amica. Ci vediamo domani mattina presto. Ti chiamo appena sono sotto casa tua, ok?"

"Sì ok Sergio, ci sentiamo domani eh... grazie. Ora vedo cosa fare. Ciao"

Seguì un lungo silenzio e senza sentire il "ciao" di lui riagganciò. Costanza pensò che non gli aveva dato l'indirizzo di casa sua e forse era il caso di richiamarlo poi, accendendosi una sigaretta, si rese conto che al Commissario Capo della Polizia di Milano non sarebbe stato troppo difficile trovarlo. "Pensa Costanza, pensa..." ripeté come un mantra per rilassarsi un momento.

Qualche cosa dell'ultima frase del Commissario però l'aveva turbata, poi si chiese se non fosse piuttosto tutta la storia a turbarla e schiacciò l'ennesima sigaretta nel posacenere.

Capitolo 15

"...vai a dormire dai tuoi o da un'amica" le parole di Sergio l'avevano infastidita. Costanza pensò di chiamare Federica, poi decise di mandarle un messaggio. Mentre le scriveva pensò a quanto avesse il desiderio di parlare con lei. Capì però istintivamente che doveva proteggerla, questa volta non poteva raccontarle tutto. Si era messa in moto una macchina infernale e lei era finita dentro a tutti gli ingranaggi. L'unica cosa che sperava era di essere abbastanza forte da venirne fuori senza troppi danni. Con questi pensieri e dopo aver ricevuto il messaggio rassicurante di Federica che le diceva di stare tranquilla si apprestò ad affrontare quella notte allucinante. Dopo essersi struccata, lavata, passata un buono strato di crema idratante per il corpo e datasi una piccola correzione allo smalto, infilò il suo pigiama preferito. Poi si mise a scegliere gli abiti da indossare il giorno dopo. Era uno dei rituali che la rilassava maggiormente. Apriva le ante dell'immenso armadio che aveva nella stanza guardaroba e, senza pensare a nulla, scorreva i colori dei bellissimi capi ed immaginava gli accostamenti e le sfumature che potevano combinarsi meglio. Per lei scegliere la mise era come per un bimbo disegnare con i pastelli colorati. Era divertente, la faceva concentrare e nello stesso tempo le permetteva di isolarsi da qualsiasi altro pensiero. Alcune volte riusciva ad entrare in una dimensione parallela, molto simile alla trance di coloro che creano qualche cosa di artistico. Quello stato l'aveva provato tramite la pittura e con il ricamo. Quelle "produzioni artistiche" le aveva ormai concluse e facevano parte dei periodi più bui e dolorosi del suo animo di ragazza. Crescendo e superando parecchie sue fragilità, le era rimasto il ricordo di quello stato dell'animo che lei definiva "ascetico". Tale era la concentrazione nel creare un oggetto, che fosse un quadro o un ricamo, che perdeva completamente la cognizione del tempo, dello spazio e in alcuni momenti del corpo. Quella sensazione la sentiva, con meno intensità sicuramente, quando decideva cosa doveva indossare.

Dopo aver scelto minuziosamente anche gli accessori, se si riteneva soddisfatta si buttava a letto e come svuotata da tutto si addormentava. Quella notte si svegliò solo per il rumore dei suoi denti che digrignavano orrendamente. Soffriva di bruxismo da quando era piccola e si era dimenticata il byte che portava regolarmente da anni per evitare di spaccarsi letteralmente i denti, uno contro l'altro. Accese un momento la luce, sentì la gatta che si lamentava, cercò con la mano l'apparecchio sul comodino e ripiombò in un sonno senza sogni.

Alle 6 e qualche minuto la gatta cominciò a schiacciarle la faccia con le zampe, poi col sedere ed infine si mise a tirarle delle piccole testate col muso, seguite da lunghe leccate sul viso, ruvidissime e dolorose. Cercò di staccarsela di dosso, ma era come avere a che fare con un mostro assatanato. "Tutte le mattine la stessa storia, Mimi. Non è ancora ora. Lasciami stare" farfugliò Costanza che, giratasi a pancia in giù, non riusciva a trovare scampo dagli attacchi forsennati del felino. L'aveva anche letto da qualche parte: i gatti riescono a sintonizzarsi ad un orario ben preciso della mattina a seconda delle abitudini del padrone e, un po' prima della sua sveglia abituale, lo molestano per svegliarlo. Costanza da un anno si svegliava alle

6.30 e regolarmente alle 6.00, massimo 6.10, Mimi attuava tutte le sue tattiche belliche da risveglio. Ultimamente era arrivata anche a morderle il mento.

"Ahia, Mimi cazzo mi fai male!" Costanza all'ennesimo raid si scaraventò giù dal letto "Che palle, ma che ore sono?"

Guardò l'orologio e si accorse che era in atto il solito teatrino di tutte le mattine. La gatta aveva fame e correva avanti ed indietro dalla cucina, emettendo dei miagolii simili a degli urletti. Costanza si riprese un momento e, infilatasi le infradito, ciabattò fino allo sportello della pappa della povera Mimi che a quel punto doveva essere sveglia da almeno due ore.

Appoggiata alla maniglia del frigorifero, indecisa se prendere un vasetto di yogurt o farsi il caffè, si rese conto che quella mattina si doveva sbrigare. Non era una mattina come le altre e all'istante le venne in mente che forse nulla sarebbe potuto più essere come prima. Appoggiò la testa sull'enorme frigorifero che poteva servire a una famiglia di minimo sei persone e le venne un moto di sconforto. Poi sentì la sveglia impostata sul cellulare che la sera prima aveva messo in carica sul comodino della camera da letto. "Cazzo, Cazzo, Cazzo! Sono le 6.30, devo sbrigarmi, tra un po' Sergio è qui e io sono ancora in mutande". E poi ad alta voce, forse sperando che la gatta riuscisse ad ascoltarla, disse "Oh Mimi, se la gente mi vedesse in questi momenti, meno male che vivo sola con te e tu mi ami per come sono."

Si fiondò in bagno con una piccola corsa, strisciando le ciabatte sul marmo lucido per evitare di scivolare. Doccia, denti, profumo. Altra scivolata a piccoli passi fino al guardaroba dove l'aspettava già tutto in ordine quello che la sera prima aveva deciso di indossare. Pantaloni gessati sul blu con taglio maschile, camicia bianca e tutti gli accessori di un senape acceso. Si guardò allo specchio della camera da letto e notò che il viso tradiva una forte tensione. Nonostante quel bel tono di abbronzatura che in quella stagione riusciva ad ottenere con poche ore di sole, quella mattina si vide pallida e un po' tirata. Andò in bagno per passare a make-up, capelli, profumo e agli ultimi dettagli del look, quando sentì squillare il citofono. Era Carla, la portiera. "Ciao Costanza. C'è qui un signore che chiede se può salire da te." Costanza fu sorpresa di sentire la voce di Carla a quell'ora del mattino perché solitamente apriva più tardi, ma s'immaginò fosse in giro da un po' a fare qualche servizio extra negli stabili vicini. Carla era una vecchia portiera che abitava e lavorava in quel palazzo praticamente da una vita e di quel quartiere ormai conosceva piccole e grandi vicende di ogni famiglia.

"Sì Carla, grazie, lo lasci salire." Costanza non aveva mai dato troppa confidenza a Carla, ma era certa che sapesse tutto anche di lei.

Aprì la porta di casa e aspettò Sergio guardandosi allo specchio dell'ingresso. Sentì l'ascensore fermarsi al piano, ma non fece in tempo a girare lo sguardo verso le porte scorrevoli che sentì un botto sulla porta d'ingresso, che qualcuno spinse così forte che le rimbalzò sulla spalla e in parte sul lato sinistro del volto, spingendola dentro l'appartamento. Non si rese conto e una furia le si scaraventò addosso e la lasciò mezza tramortita sul tappeto dell'ingresso. Non ebbe il tempo di urlare che sentì premere sulla faccia un ginocchio o forse una scarpa. Poi la figura si accostò al viso tenendolo girato al pavimento e le sussurrò con voce alterata da qualche cosa, forse un bavaglio "Fa la brava Costanza. Non farci incazzare… SHSHSH".

Costanza si accorse che stava tendendo ogni parte del corpo nel tentativo di girare la testa verso il suo aggressore, quando quest'ultimo la lasciò con uno scatto violento e schizzò via lanciandosi verso le scale.

"Costanza, come mai l'ascensore era fermo al tuo piano?". Riconobbe la voce di Sergio che, nel frattempo, aveva richiamato l'ascensore e ne era uscito, proprio nell'istante in cui vide qualcuno scaraventarsi giù per le scale.

Tutto avvenne in una frazione di secondo. Sergio entrò nell'appartamento, vide Costanza stesa, si accertò che stesse bene e, sollevatala un po' fra le braccia, la appoggiò delicatamente con le spalle al muro della sala, poi si lanciò all'inseguimento di quell'ombra che aveva quasi sfiorato un istante prima.

"Maledizione! Porca puttana! Ma come cazzo si fa ad aspettare qualcuno con la porta aperta?" Sergio, dopo aver visto che Costanza stava bene, anzi era più bella di quanto si ricordasse, si lanciò in una serie di imprecazioni. Costanza era ancora sotto shock e riusciva a mala pena a capire cosa fosse successo. L'unica cosa di cui si accorse guardando nella borsa e poi sul mobile dell'ingresso, era che la lettera che doveva far vedere a Sergio era sparita.

Capitolo 16

"Non c'è più…" Costanza, in preda alla frenesia, ascoltava Sergio che nel frattempo aveva chiamato al piano la Signora Carla e la stava bombardando di domande sull'uomo che aveva fatto salire poco prima. Costanza li seguì con la coda dell'occhio, ma non capì del tutto cosa si stessero dicendo perché, nel frattempo, stava frugando prima nella borsa e poi fra gli oggetti sul mobile dell'ingresso. Ad un tratto sbottò e disse "Cazzo è sparita!" Costanza cercò di attirare l'attenzione di Sergio che sembrava non darle ascolto.

Dopo essere entrata ed uscita più volte dalla cucina ed aver guardato ancora nella borsa, la donna si fermò con le mani sui fianchi davanti a lui e gli disse "Sergio hai capito? Quell'uomo ha portato via la lettera." Il Commissario a quel punto smise di gesticolare con Carla e, guardando Costanza negli occhi, disse "Cosa? Sei sicura? Guarda bene, magari è scivolata da qualche parte."

Sergio si strizzò forte l'attaccatura del naso vicino agli occhi e poi si sfregò la fronte col palmo aperto. In realtà aveva capito che la lettera era stata sottratta dall'uomo che aveva sorpreso poco prima Costanza e quindi per non creare ulteriore panico aggiunse, rivolgendosi alla povera Carla che ormai era diventata sempre più piccola e aveva assunto un color grigio verde dalla preoccupazione che le potesse capitare qualche cosa, "Signora, vada pure e rimanga a disposizione oggi perché manderò un agente per prendere la sua deposizione completa. Stia tranquilla è solo una formalità, ma devo fare rapporto in centrale." Poi, rivolgendosi a Costanza, aggiunse "Tu ora ti siedi un momento e vediamo di ricapitolare i fatti".

Costanza era ancora nella posizione di prima, con le mani sui fianchi, e a quelle parole le abbandonò con un gesto di sconforto. Sergio chiuse la porta dietro la portinaia e diede due mandate, poi appoggiò delicatamente una mano sul braccio di Costanza e la portò in cucina. La fece sedere e si mise a preparare un caffè con una naturalezza tale che a Costanza parve come un attimo di grande intimità, che con un uomo non provava da moltissimo tempo.

I due parlarono per un po', cercando di ricostruire ciò che era avvenuto fino a quel momento. Sergio trascrisse tutto su un notes che portava con sé in ogni istante. Sull'ultimo foglio scrisse una parola in stampatello e la cerchiò più volte "Costanza". La donna si accese una sigaretta e strabuzzò gli occhi e disse "Cosa vuol dire, che sono una sospettata?". Sergio sorrise e, prendendo una sigaretta dal pacchetto che aveva poggiato sul tavolo, disse "Certo! In un'indagine sono tutti sospettati finché non si hanno prove sufficienti che portino ad un preciso colpevole". Strizzò l'occhio a Costanza e poi aggiunse "Per lo meno, tu sei coinvolta in questa vicenda e non ci vuole certo un Commissario di polizia bravo come me per capirlo!" Le strizzò nuovamente l'occhio e capì che la donna stava lentamente rilassandosi. Lei guardò l'ora e si accorse che erano già le otto passate. "Cazzo Sergio, devo chiamare le mie colleghe. Sono in ritardo. Quelle tre staranno per arrivare e io sarei già dovuta essere in ufficio." Sergio la guardò e, come il giorno prima al bar, le prese delicatamente la mano e le disse. "Costanza, tu oggi in ufficio non ci vai. Tra un po' chiami e dici che non ti sei sentita bene. Ti rendi conto che quello che sta accadendo ti riguarda da vicino? Che in questa cosa ci sei dentro fino al collo?" Le lasciò la mano, si passò le dita fra i capelli e aggiunse "Sembra che tu stia vivendo la cosa come se stesse accadendo a qualcun altro. Ti rendi conto, vero? Te lo ripeto perché ho l'impressione che tu non stia realizzando la gravità della cosa. Non te lo dico per spaventarti, ma perché d'ora in poi tu devi essere lucida ed in grado di aiutarmi." Costanza lo guardava con gli occhi grandi e vuoti e, alzandosi lentamente, disse "Devo chiamare anche i miei." Scivolò calma verso il cordless della cucina e ad un tratto si girò verso l'uomo ancora seduto al tavolo con le mani intrecciate davanti alla bocca e disse seria "Sergio, tu non mi conosci. Io sono molto presente a me stessa e capisco fin troppo bene cosa sta accadendo. Ti chiedo di non fare l'errore che in molti fanno, ovvero di pensare che a me le cose non tocchino o non interessino. Anzi, io sono attenta a tutto e forse proprio per questo sembro distaccata, perché non voglio che le emozioni prendano il sopravvento, perché voglio capire bene prima di prendere delle decisioni dettate dall'impulso." Mentre diceva quelle frasi, Costanza stava già componendo il numero di casa dei suoi genitori. "Pronto, ah ciao papi. Come va? Tutto bene?" sentì la voce dolce del padre e già si sentì più calma. "Ascoltami, oggi non andrò in ufficio perché devo sbrigare delle formalità per l'incidente che è successo ieri. Tu e mamma non dovete preoccuparvi. Io sono raggiungibile in qualunque momento." Costanza decise che non era il caso di dire nulla circa gli ultimi eventi e si limitò a dare delle informazioni vaghe sui suoi spostamenti. Per risposta il padre le disse "Ma cosa fai allora, oggi non passi da noi?" A Costanza stava già montando un altro tipo di nervoso che solo i suoi genitori riuscivano a crearle "Eh papà, sono le otto di mattina e non ho idea in questo momento se riuscirò a passare da voi. Se avete bisogno chiamatemi, ma ora devo sistemare della cose importanti, capito?" Dal tono della figlia il padre realizzò che non era il caso di insistere e si limitò a dire "Va bene, va bene. Ci sentiamo. Stai tranquilla, noi stiamo bene".

Come alla fine di tutte le telefonate coi genitori, Costanza sentì una sorta di leggera inquietudine. Posò il telefono di casa sul tavolo della cucina vicino alle mani ancora incrociate di Sergio, che in quel momento la stava guardando con insistenza.

Per reazione, accortasi dello sguardo inquisitore, scoppiò con un "Beh, che c'è, mi guardi?"

Sergio scoppiò in una fragorosa risata che riuscì a spezzare quella tensione che si era venuta a creare appena prima con le parole di Costanza e, alzatosi, andando verso di lei disse "Tu sei un fenomeno! L'ho capito fin da quando ti ho visto arrivare con quel passo deciso alla reception ieri mattina. Tu cerchi di mantenere un controllo estremo su tutto, anche su te stessa, ma certe volte sprizzi genuinità da tutti i pori. Sembri un ferro da stiro a vapore." Costanza, con le mani sui fianchi, non sapeva se scoppiare anche lei in una risata liberatoria o mantenere quella posizione rigida. Poi, prima che lei avesse il tempo di dire qualunque cosa, aggiunse "Forza, ora manda 'sto cavolo di messaggio alle tue colleghe e preparati a venire con me in Centrale. Mentre andiamo mi racconti dettagliatamente i tuoi rapporti con Davide, mi dici tutto delle tue colleghe e mi racconti della Lo Savio." Fece una pausa, guardò Costanza negli occhi e aggiunse "E con calma mi spieghi anche chi è e che rapporti hai con il Professor Aldo Comucci".

Quando sentì quel nome, Costanza ebbe un leggero fremito e sbottò "Che cazzo c'entra adesso Aldo Comucci?"

Sergio capì che non era il caso di mettere troppa pressione su quell'argomento e decise di non forzare la mano. "Forse proprio niente, ma ieri mi sembrava esageratamente interessato al caso. Ha fatto troppe domande e volevo capire che ruolo ha lì al Campus e che rapporto hai veramente con lui. Costanza, cerca di non irrigidirti, sei una donna intelligente, gli uomini non possono non essere interessati a te. Quando ieri ho parlato con Il Professor Comucci mi ha dato l'impressione che ti conoscesse molto bene."

A quel punto i due si guardarono fissi a poca distanza l'uno dall'altro. Costanza non disse nulla per un istante che a lei sembrò infinito, Sergio le posò le mani sul viso e le disse "Prendi la tua roba, forza. Adesso devi venire con me."

Capitolo 17

A Costanza quelle ultime parole risuonarono in testa come se Sergio le avesse chiesto di sposarla. Così, ancora in stato di trance, sistemò rapida due cose a caso sul piano della cucina, cambiò l'acqua alla gatta e le diede la bustina del suo cibo preferito. Poi si trasferì in guardaroba e prese un foulard sui toni del rosso, passò in bagno e, senza accorgersene, si spruzzò il suo profumo preferito e si mise il rossetto più rosso che trovò. Poi raggiunse l'uomo in anticamera, prese la borsa e rivolgendoglisi con le chiavi in mano disse "Andiamo?"

Sergio la guardò in tutto il suo splendore, scosse il capo sorridendo e disse "il mio lavoro mi porta a capire al volo le persone. Credimi, tu sei la donna più indecifrabile che abbia mai incontrato".

"Ottimo!", disse Costanza, invitandolo con un gesto della mano ad uscire dalla porta. Poi, mentre metteva l'allarme e chiudeva con doppia mandata, aggiunse "Muoviamoci Sergio, ho l'impressione che, per com'è iniziata, questa giornata sarà lunga e faticosa".

***

L'auto di Sergio era una Lancia Delta, probabilmente una delle ultime che i dirigenti della polizia avevano in dotazione, ma per Costanza poteva essere un'auto qualsiasi: se c'era una cosa a cui non faceva mai caso era proprio il tipo di auto con cui un uomo le si presentava. In quel momento, presa com'era dai suoi pensieri, Sergio poteva farla accomodare anche in un furgone blindato che forse se ne sarebbe accorta solo dall'altezza del sedile.

Per almeno venti minuti i due non parlarono e Costanza s'isolò, immersa nel suo cellulare. Sergio, che la guardava con la coda dell'occhio, interrompendo quel silenzio confortevole le disse "Costanza non contattare troppa gente in questo momento. Scrivi a meno gente possibile e cerca di non far sapere troppo i cazzi tuoi in giro. Ti hanno risposto le tue colleghe?"

Costanza sollevò la testa e tirò gli occhiali da sole un po' giù sul naso, guardando Sergio di traverso, e rispose "Allora, che sia chiaro, "i cazzi miei", come li chiami tu, non è mia abitudine sventolarli ai quattro venti. Ti dico solo che non sono attiva su alcuno dei social network del cavolo con cui ora comunicano tutti. E comunque no, non mi hanno ancora risposto. Immagino stiano commentando con la Lo Savio la mia assenza di oggi. Le sento già vomitare cattiverie su di me, tipo '…quella stronza… chi si crede di essere??" e poi "…sì, ma se per caso fa una mossa falsa la sistemiamo in un secondo..."; Sergio, quelle non aspettano altro che io commetta un errore per mettermi con le spalle al muro". Era rimasta con gli occhiali a metà naso e guardava il suo autista destreggiarsi nel traffico cittadino. Anche lui indossava un paio di occhiali da sole, i tipici Rayban a goccia, che gli donavano un fascino particolare, tenendo conto del bell'incarnato olivastro e dei capelli neri corvini che gli sfioravano leggermente il colletto della camicia azzurro cielo. Quel modello di occhiali su di lui era perfetto, sia perché si trattava di un poliziotto sia perché si trattava di un ottimo esemplare di maschio mediterraneo.

"So quasi tutto di te, Costanza. Dimentichi che sono un poliziotto e ieri ho ricevuto tutte le schede anagrafiche di tutti quelli che conoscevano Davide e che hanno avuto a che fare con lui in questi anni. La tua scheda è stata la prima che ho letto. Purtroppo però dai profili identificativi della polizia non siamo in grado di capire tutto del soggetto. A questo servono gli interrogatori, ad approfondire la conoscenza dei soggetti implicati in una vicenda. Quindi, tornando a quello che ti dicevo prima, parlami un po' delle tue colleghe."

Costanza fu presa un po' in contropiede perché poco prima aveva usato il suo modo provocatorio di esprimere fatti che la riguardavano da vicino e la risposta di lui era invece del tutto normale. Si sistemò gli occhiali, sospirò profondamente e guardando fuori dal finestrino disse laconica "Sono delle miserabili."

"Beh, ho l'impressione che anche loro non abbiano un'alta opinione di te."

Anche Sergio voleva provocarla, ma non ci riuscì perché lei continuò a parlare tenendo lo sguardo rivolto verso destra, come i cani quando fanno finta che ciò che gli sta dicendo il padrone non li riguardi.

"Laura, Marta e Sara sono giovani. Molto più giovani di me..."

"Questo che cosa significa?" disse Sergio guardando di sguincio il colore del semaforo prima del ponte che portava alla Stazione Garibaldi.

"Mmmmmh sì, va beh ho capito, volevo solamente introdurre la tipologia di persone con cui ho a che fare. Se preferisci ti dico quello che so della loro vita, tipo: età, stato civile, numero dei figli o numero di scarpe." Costanza si spazientì e guardandolo aggiunse "Dimmi che caspita vuoi sapere e di chi nello specifico delle tre perché per quello che mi riguarda sono tre ragazze come tante altre, che si tengono stretto il lavoro leccando il culo al capo, facendo dei rapportini giornalieri non solo su di me, ma su tutti e su tutto ciò che avviene al Campus. Infatti la Lo Savio sembra non interessarsi a nulla, non chiede nulla a nessuno, ma guarda caso sa tutto di tutti." Si bloccò un istante e ripensò alla repulsione che provava per quella donna sporca, ricoperta da mille profumi. Forse era talmente condizionata che se lo sentiva persino addosso in quel momento. "Una brutta persona Sergio, veramente una brutta persona. Ma non vedo che cosa possa c'entrare lei con un ragazzo come Davide che credo non sapesse nemmeno chi fosse 'sta donna squallida. E sinceramente lo spero per lui. Amen."

Costanza andò avanti per un po', con tutta la sua teoria che ci sono persone che ricoprono ruoli di responsabilità e che sono completamente incapaci di gestire singolarmente i rapporti con i propri sottoposti e che quindi creano un gruppo di "sorveglianti speciali" che riportano a loro incondizionatamente. Il modello è simile a quelle sottospecie di società che si osservano nelle carceri o in luoghi simili.

"Ecco" disse quasi a concludere il suo discorso di alto livello sociologico "in alcuni ambienti lavorativi ed in certe condizioni patologiche si vengono a creare le stesse dinamiche malate dettate dallo scarso livello culturale degli appartenenti al gruppo. Solitamente chi appartiene a un livello più elevato, oppure ha una visone più ampia dell'ambiente circostante, viene messo in grave difficoltà. Se non si fa parte del gruppo dei caproni si rischia di essere eliminati". Si mise le mani sulla bocca e si girò verso Sergio che stava continuando a guidare concentrato. Contemporaneamente aveva aperto il finestrino e aveva appoggiato un braccio fuori.

I loro sguardi s'incontrarono per un secondo e fu come se avessero colto esattamente i pensieri l'uno dell'altro. La domanda che stavano per porsi in quel momento era quanto mai terribile "avevano colpito Davide per danneggiare lei? Stavano cercando di gettare fango su di lei per depistare le tracce di quell'orrendo omicidio?"

Con quei pensieri non detti Sergio accostò la Lancia e fece manovra per parcheggiare negli spazi riservati. Finalmente, superato il traffico della mattina erano arrivati alla sede principale della Questura di Milano in via Fatebenefratelli.

Prima di uscire dall'auto disse "Ci sono troppe cose ancora da chiarire, Costanza, non precipitiamo i pensieri. Da noi in polizia quando ci sono casi complicati diciamo

sempre che non si deve mai commettere l'errore di mettere una bandierina troppo oltre, altrimenti si rischia di
fare una salita con il pericolo di precipitare. Quindi, cerchiamo di fare un passo alla volta e non precipitiamo le
cose."

I due scesero dall'auto che Sergio aveva parcheggiato
in una sorta di area privata che costeggiava la Questura
dal lato che dà verso via Goito. Avviatisi verso l'entrata, Sergio bloccò d'un tratto il passo deciso di Costanza.
"Ferma" disse "fai finta di nulla ed entra nel portoncino
qui a destra". Costanza si fermò come un cane che viene
tirato al guinzaglio "Che c'è? Che succede ora?"

"È pieno di giornalisti. Passiamo di qui." Sergio la prese
per una mano e la trascinò verso un'entrata secondaria.

Lei, in realtà, stava ancora pensando alla frase sulla bandierina e su come avrebbe potuto precipitare.

Capitolo 18

Scivolati in quel portoncino antico, Costanza si sentì pervadere da una sensazione di freddo umido che solo quei palazzi di Milano riuscivano ad emanare anche durante la stagione estiva.

D'istinto prese il cellulare che si era messa nella tasca dei pantaloni e controllò i messaggi. Sergio la guardò di sguincio e fece una smorfia per farle capire che non era il momento di intrattenere conversazioni inopportune con parenti e amici. "Rispondo solo a Federica che mi ha scritto per sapere dove sono. Mi avrà cercata in ufficio e chissà che cosa le hanno risposto quelle tre stronze". Non guardò nemmeno in faccia Sergio per paura di vedere la sua espressione di disappunto e aggiunse "Mica mi hanno ancora risposto quelle lì, eh".

A Sergio bastò dirle una parola sola per rimarcare l'idea che in alcuni momenti bisogna lasciar cadere certi pensieri ossessivi. "Fre-ga-te-ne", poi allargò le braccia come due ali di gabbiano, una mano appoggiata alla maniglia di una grande porta a doppio battente e l'altra che le sovrastava il capo. Quel gesto plastico creò le condizioni naturali perché lei entrasse per prima nell'enorme ufficio inondato di luce dalle quattro grandi finestre che davano sul lato est della Questura.

Non fu solo la luce ma anche il fermento che c'era fra le scrivanie che sorprese Costanza. Non se lo aspettava ed ebbe un po' di timore a entrare, soprattutto quando si accorse che il brusio era cessato all'improvviso. Una decina di agenti fra uomini e donne della polizia tutti in divisa si fermarono e tutti contemporaneamente si voltarono a guardarla.

Sergio non si scompose minimamente e disse "Buongiorno a tutti. Ci sono novità sul caso Lanza?" e, vedendo che gran parte dei suoi era rimasto imbambolato a guardare Costanza, con tono secco aggiunse "la Dottoressa Kress è qui oggi in veste di testimone. Per quanto riguarda la sua deposizione ci penso io. Piuttosto, state organizzando la deposizione degli amici e dei parenti del ragazzo? Cerchiamo di non perdere tempo in queste fasi perché, come sappiamo bene, si perdono informazioni importanti". Rivolgendosi a una ragazza, molto carina, che occupava la prima scrivania a destra dell'entrata disse. "Giulia, mi chiami immediatamente il colonnello Franco e me lo passi nel mio ufficio."

Costanza a quel punto si accorse che in fondo a quello stanzone c'era un arco che permetteva di accedere ad altri due uffici. Sergio precedette di qualche passo Costanza dicendole "Vieni, ti faccio strada."

Fuori da quelle due porte antiche di legno massiccio con i finimenti in ottone c'erano due targhe, sempre in ottone. Quella della porta davanti alla quale si erano fermati riportava con un'incisione profonda di smalto nero Sergio Laurenti Commissario Capo.

Tutto in quel luogo, persino l'odore, era "istituzionale". Costanza si ricordò dei corridoi e delle porte della sua scuola, del periodo del liceo e dell'università; l'atmosfera di quei luoghi era antica e sontuosa, ma anche squallida e decadente. Un brivido le attraversò il collo e le spalle e subito Sergio le chiese se sentiva freddo. In quel momento Costanza capì cosa la lasciava perplessa di quel bell'uomo. Con lei si era mostrato fin da subito troppo gentile. Le aveva dato subito del tu, le aveva ripetuto troppe volte quanto fosse una bella donna, quanto fosse intelligente. In poco più di 24 ore aveva creato un legame fatto di attenzioni e di premure. Non solo, era stato in grado di portarla ad affidarsi a lui anche tramite il contatto fisico. Quante volte le aveva appoggiato la mano sul braccio o le aveva preso la mano?

Ora lei, seduta lì a quella scrivania, si chiese se fosse normale. D'un tratto ebbe il desiderio di chiamare la sua amica e dirle di venirla a prendere. Ebbe l'idea di buttarsi fra le braccia di Aldo e di chiedergli aiuto. Aveva sbagliato a essersi fidata e ad averlo seguito fin lì? Voleva addirittura tornare immediatamente in ufficio dalle sue "amate" colleghe. Presa da quei pensieri che le si stavano avvitando addosso, trasalì allo squillo del telefono di ultimissima generazione che, assieme al Mac, risultava uno degli oggetti completamente fuori contesto e faceva apparire l'ambiente ancora più stantio e vecchio.

"Sì Giulia, dimmi. Ok passamelo" Costanza a quelle parole cominciò a guardare fisso negli occhi Sergio e anche lui non distolse mai lo sguardo da lei. Proseguì "Ciao Mimmo, dimmi cosa sai del caso Lanza e cosa ha trovato la tua squadra ieri." Domenico Franco era il Colonnello dei Carabinieri che si occupava di coordinare le informazioni che la squadra speciale dei RIS gli consegnava assieme all'esame dell'anatomopatologo sulle tracce riscontrate sul cadavere durante l'autopsia.

"Ciao Sergio. Il caso potrebbe sembrare una semplice aggressione avvenuta durante una discussione. O addirittura Davide potrebbe aver scoperto qualche malintenzionato nel suo laboratorio. Ci sono segni di colluttazione e Davide ha sicuramente reagito. Le traiettorie degli schizzi di sangue fanno capire che forse è stato colto di sorpresa, ma sicuramente deve aver toccato molte cose lottando. In questo momento stiamo cercando tracce dell'eventuale aggressore. C'è una sostanza che ancora non siamo riusciti a capire cosa sia, ma sono come dei baffi rossi di vernice e un dato è certo, non è sangue. Il fatto che Davide sia morto appena arrivato in ospedale non ci dà l'esatta percezione di come sia finita la colluttazione. L'unico elemento di congiunzione è quel foglio di carta strappato che aveva stretto fra le mani. Verosimilmente chi ha inferto quelle ferite doveva avere un'arma molto affilata e tagliente, ma anche di piccole dimensioni, tipo un coltello di lunghezza contenuta o anche un oggetto appuntito qualsiasi che però, usato durante una lite violenta e piantato vicino alla giugulare, può divenire letale, come in questo caso. Però, Sergio mio bello, abbiamo ancora troppi esami in corso e le analisi biochimiche sai meglio di me quanto tempo ci mettono a dare risultati."

Sergio annuiva al telefono e ripeteva ogni tanto dei pezzi di frase detti dal Colonnello. Durante tutta la telefonata non distolse lo sguardo da Costanza. Poi, tanto per concludere, disse: "Capisco Mimmo. Dimmi una cosa, che idea ti sei fatto?"

I due andarono avanti a parlare ancora un paio di minuti e nel frattempo Costanza, per sfuggire allo sguardo di Sergio, si alzò e osservò con il capo tutto inclinato a sinistra i libri dell'enorme libreria che occupava per intero la parete di fronte alla scrivania.

I libri erano allineati e catalogati in maniera esemplare. Forse nemmeno nella biblioteca dell'università statale c'era una cura così maniacale nell'ordine dei tomi. Costanza rimase per un momento imbambolata nel capire l'ordine che qualcuno aveva voluto dargli. Ci mise un secondo a capire che erano stati archiviati in ordine alfabetico in base all'autore. Scorrendo i loro nomi dalla A, salì con l'occhio di due scaffali alla lettera C. Vide un tomo con la copertina rigida nera e il nome inciso in oro A. Comucci "Etica di un omicidio". Costanza si voltò e si accorse che Sergio aveva finito la telefonata e la stava ancora fissando.

Forse non si rese conto che da quel momento in poi la sua vita avrebbe preso una direzione totalmente inaspettata.

Capitolo 19

"Allora? Che novità ci sono?" Costanza si accomodò di nuovo sulla sedia che occupava poco pima di fronte alla scrivania e non disse nulla del libro del Professor Comucci che aveva appena visto nella libreria. Sergio sembrò non far caso alla curiosità di Costanza e si mise a relazionarla sui risultati delle indagini preliminari dei RIS e dell'anatomopatologo.

"Siediti", le disse, e si mise a descriverle minuziosamente la scena che il corpo speciale dei carabinieri aveva scrupolosamente analizzato poche ore prima. Tutte le tracce possibili erano state refertate e si era già delineata una delle ipotesi più plausibili di come si erano svolti gli ultimi istanti di vita di Davide. Secondo gli inquirenti era stata una lite finita male. Per Sergio però i nodi da chiarire erano almeno tre.

Primo: perché e con chi Davide stava litigando? Secondo: perché Davide era ancora vivo quando fu trovato? Terzo: con cosa esattamente Davide era stato aggredito e dov'era finita l'arma o l'oggetto dell'aggressione?

Costanza aggiunse, accavallando le gambe e sfregandosi leggermente una mano sulla coscia, "Secondo me ci sono molti altri punti fondamentali. Chi voleva la morte di Davide? Perché Davide aveva il biglietto col mio nome ancora in mano? È stato lui a strappare il biglietto col mio nome o glielo hanno messo dopo averlo aggredito? C'è per caso traccia di un foglio strappato che corrisponde al biglietto? In più non dimentichiamoci del registro a cui hanno tolto la pagina con le spedizioni ricevute da Davide nell'ultimo mese. Chi e perché avrebbe dovuto farlo sparire? E poi, cosa più importante, chi cazzo mi ha mandato quella lettera assurda? Ah, e ci aggiungerei un altro punto. Chi mi ha aggredito questa mattina per rubare 'sta cristo di lettera?" Ormai era un fiume in piena e aggiunse "Sergio, ci sono troppi fatti che non quadrano ed io comincio a pensare che qui le cose siano fin troppo confuse. Talmente confuse che o qualcuno le sta confondendo volontariamente o il caso è troppo complicato e potrebbe avere anche più di una soluzione".

Costanza capì che si stava alterando e cercò di proseguire il discorso rimanendo il più possibile calma "Sergio, intanto dimmi, io cosa ci faccio qui? Questa proprio non la capisco. Sono una sospettata?"

Sergio fece per prenderle le mani, ma Costanza si ritrasse in un gesto che fece trasparire che quei modi dolci potevano anche calmarla, ma che tutto sommato non ne aveva bisogno. Incrociò le braccia stringendosi nella sua bella camicia bianca candida e assunse un'espressione corrucciata. Sergio si accorse subito di questo irrigidimento e, spostandosi leggermente in avanti col busto con i gomiti appoggiati sulla scrivania, le disse "Costanza, forse non hai capito che se non avessi incontrato me ti avrebbero già braccato come sospettata numero uno." E rincarò aggiungendo "e non ti è chiaro che gli indizi più rilevanti portano a te o a qualcuno che ha agito per metterti di mezzo. Forse non ti è neanche chiaro che, proprio perché so che la situazione è molto complicata, se non partiamo da basi concrete, rischiamo di fare danni importanti al pronti via. Ti spiego. Le prime fasi delle indagini sono fondamentali per capire che direzione prendere. Se commettiamo degli errori ora, rischiamo di prendere delle enormi cantonate che poi difficilmente riescono a essere corrette nel corso delle indagini"

Costanza s'irrigidì e rispose "E questo che cazzo vuol dire scusa? Che tutte le volte che c'è un sospetto di colpevolezza lo puntate finché non diventa colpevole per tutti? Lo date in pasto ai magistrati, ai giornali e all'opinione pubblica così voi risultate aver fatto il vostro bel lavoro di merda?" Sergio a quel punto sgranò gli occhi e capì che alla sua bella interlocutrice era scattato l'interruttore sulla modalità "difesa-attacco" e così la lasciò parlare. Dopo almeno una decina di minuti in cui Costanza snocciolò una serie di considerazioni sulle possibili motivazioni che qualcuno avesse voluto incastrarla e sulle varie e possibili soluzioni del caso, Sergio la interruppe e disse "Ascoltami bene. Quando hai finito di fare Miss Marple magari ti mostro le foto che mi hanno inviato ora via mail della scena del crimine e partiamo dal valutare le cose oggettivamente. E poi, vedi, cara la mia bella detective, come ti ho detto più volte qui l'unica cosa che possiamo fare è quella di basarci sui fatti concreti, che ci possano dare la chiave esatta di lettura di quello che sta succedendo."

Girando lo schermo del PC verso Costanza, vide che la donna si era sistemata gli occhiali da lettura rossi, che portava calati leggermente sul naso e che le davano un'aria molto composta. "Vedi?" le chiese scostando ancora un po' lo schermo del computer verso di lei. "Sì vedo, vedo. Questa è l'entrata del Campus o sbaglio?" Costanza riconobbe il viale principale che, dal cancello e tramite uno snodo di vialetti minori, collegava i vari laboratori al corpo centrale. Lì, in quei luoghi, erano in corso da anni importantissime sperimentazioni internazionali, alle quali facevano seguito pubblicazioni sulle maggiori riviste scientifiche di tutto il mondo.

"Sì, come vedi, in tutto il Campus non esiste nemmeno una telecamera e questo è veramente assurdo."

Sergio commentava le figure che scorrevano sullo schermo e prima di cambiare immagine aggiunse "ora, Costanza, ci sono le fotografie scattate in sequenza nel laboratorio dove è stato trovato Davide. Purtroppo capisco che potrebbero essere pesanti da sopportare ma credo che tu le debba vedere perché così ti puoi fare un'idea di quello che è successo e potresti anche essermi utile a vedere cose che magari a me, che non sono dell'ambiente, possono sfuggire." Costanza guardò l'uomo da sopra gli occhiali rossi e rispose scandendo bene le parole a una ad una "Io non sono dell'ambiente e sia chiaro che in un laboratorio dei nostri ci sarò entrata di sfuggita sì e no una volta" e proseguì "se vuoi avere un parere tecnico dovresti domandare ad uno dei tanti capo tecnici ed esperti di laboratorio che lavorano lì da noi. Rimango sempre dell'idea che io in questa cosa non c'entro. Io sono convinta che qualcuno mi ci abbia cacciato volontariamente." La replica di Sergio fu chiara anche questa volta, digrignò un "adesso la devi piantare Costanza. Capisco che il fatto di esserti trovata dentro una faccenda così scabrosa e pericolosa ti stia facendo saltare i nervi, ma non mettere alla prova la mia pazienza. Se ti chiedo di guardare le immagini, tu lo fai senza troppe storie. Preferisci forse che ti tratti da prima indagata e ti faccia sedere nella stanza degli interrogatori? Preferisci che parli direttamente col PM e faccia emettere un avviso di garanzia a tuo nome?" Non si accorse, ma il tono della sua voce si stava facendo sempre più duro e alterato e Costanza lo guardò stringendo sempre di più gli occhi per cercare di fulminarlo. Poi sbottò "Ah ecco. Mi sembrava strana tutta questa gentilezza. Allora i sospetti li hai e ce ne avanza pure? Bene! ecco svelato il mistero; e allora evita di fare il melenso e dimmi, fuori dai denti, tutta la verità."

Sergio respirò profondamente e picchiando le mani sulla scrivania urlò. "Se vuoi saperla tutta, bella mia, sei proprio la prima sospettata e questo è già trapelato come fatto quasi certo. Se non fosse per la lettera, di cui però non c'è traccia, e per la "presunta" aggressione di cui sono stato testimone, tu saresti già in un mare di guai fino al collo. E dico "presunta" perché potresti anche averla montata tu assieme a qualche tuo amichetto. Insomma Costanza, o cerchi di renderti conto o rimani nel tuo mondo e scordati di trovare un altro come me che ha la pazienza di analizzare le cose in maniera obiettiva."

Ci fu un momento di silenzio, poi Costanza cercò di trattenere il fiato e appoggiandosi alla poltroncina in stile Luigi XIV sbuffò profondamente e disse "Oh scusami. È che mi sembra tutto così assurdo. Non capisco più nulla e sono in completo stato confusionale. Sergio, ho paura. Ho paura che la cosa mi sfugga di mano, non capisco se posso fidarmi e di chi. Ho paura dei media che mi faranno a pezzi. Ho paura di poter perdere quello che ho, persino il lavoro."

Sergio si accorse di avere forse esagerato, ma voleva scuoterla e c'era riuscito. Così, mantenendo la "linea dura", sentenziò "affronta la cosa e combatti! Non lasciare che gli eventi vivano la tua vita. Sei tu a viverla e a definire gli eventi. Quindi adesso ti concentri e guardi con me 'ste cazzo di foto del sopralluogo fatto ieri e poi mi dai una mano nel capire meglio l'esame autoptico che mi ha mandato l'anatomopatologo."

Capitolo 20

Dopo nemmeno un'ora che stavano analizzando i reports dei RIS e dell'anatomopatologo, Costanza appoggiò le cartelline piene di fogli e di fotografie che teneva in mano sulla scrivania di Sergio e disse "Sergio non se ne viene a capo. Io per quanto conosca il posto e quasi tutti i laboratori del Campus non saprei proprio cosa riscontrare da delle foto e dei rapporti che contengono tantissimi termini tecnici e specifici. Per non parlare del referto dell'anatomopatologo. L'unica cosa che trovo rilevante è che sul corpo di Davide hanno rinvenuto, oltre a semplici tracce di cellule epiteliali sui vestiti e vicino alla ferita, anche dei frammenti di una strana vernice scura. Ora bisogna vedere se il materiale trovato è sufficiente per capire a chi appartiene e tanto più di cosa si tratta. Soprattutto se questo quantitativo di DNA ci è arrivato prima o dopo l'aggressione. Questo potrebbe chiarire se Davide ha avuto contatti con qualcuno prima, durante o dopo l'aggressione. Comunque a me è venuta voglia di fumare. Tu? Hai capito qualche cosa di più?"

Sergio stava non solo controllando minuziosamente i vari referti e i rapporti protocollati in diverse cartelline e contrassegnati ognuno con dei codici particolari, ma anche tutte le deposizioni degli interrogatori svolti fino ad allora. Tutto il materiale così fascicolato rientrava in un enorme faldone grigio che sembrava una scatola di cartone dell'Esselunga. In effetti, quando aveva visto Giulia, la bella ragazza che poco prima il Commissario Capo aveva salutato, entrare in ufficio con quel plico enorme,

Costanza si era chiesta come potevano aver accumulato in così poco tempo tanta roba su quella vicenda.

Mentre pensava a quelle cose e alla voglia di fumare non si rese conto che Sergio non aveva risposto alla sua domanda.

Si girò per un momento verso la libreria e si domandò se fosse il caso di fare cenno al libro del Professor Comucci che aveva visto lì in bella mostra, oppure far finta di nulla. Invece ebbe un altro brivido alla schiena e, come se stesse parlando fra sé e sé, disse "certo che, in tutto 'sto materiale, non c'è nemmeno un cenno all'esperimento che Davide stava seguendo. Tu sai cosa significa la sigla FTLN?" Sergio non rispose e lei fece ancora finta di nulla, questa volta però a fatica e, mentre lo fissava senza guardarlo, cominciarono a prendere forma nella sua mente delle idee inquietanti.

L'uomo che aveva di fronte e che probabilmente aveva in mano il suo futuro era per lei un emerito sconosciuto. Ok, Sergio Laurenti era il Commissario Capo della Polizia di Milano, ma quante volte le era capitato di fidarsi di persone che l'avrebbero poi messa in grave difficoltà, solo perché avevano un ruolo istituzionale? In ambito lavorativo le era capitato con il suo precedente capo non meno di quattro anni prima. Se lo era forse già dimenticato? Il Professor Santoro, stimato oncologo a livello mondiale, l'aveva schiacciata e manipolata per tantissimi anni. Costanza si era fidata di lui e lo aveva da subito considerato più che un capo, un confidente, una persona sulla quale contare, insomma un amico affettuoso. Per contro costui, in un momento di sua debolezza e di difficoltà, l'aveva sputtanata. Quando Costanza si era resa conto di quanto quell'uomo l'avesse danneggiata professionalmente senza alcun motivo apparente, o forse, come sosteneva Federica, solo perché Costanza non aveva mai ceduto in tutti quegli anni alle sue avance più o meno velate, non le rimase che ritirarsi senza poter far nulla contro le sue cattiverie e meschinerie. Come spesso capita, a quel punto era troppo tardi. Quando prese la decisione di staccarsene e chiese formalmente all'Ufficio del Personale di essere ricollocata per poter svolgere serenamente il suo lavoro, si accorse dei danni che il Santoro aveva ormai procurato alla sua figura professionale. Per molto tempo Costanza provò rabbia e delusione e ancora oggi non riusciva a capire come un uomo nella sua posizione avesse potuto abbassarsi a tanto.

Costanza si contorse leggermente sulla sedia, cercando di richiamare l'attenzione del Commissario, che invece era ancora intento a trascrivere chissà cosa su chissà cos'altro. L'uomo continuò a far finta di nulla, come se fosse la donna invisibile e allora lei fece una mossa decisiva. Prese la borsa, tirò fuori il suo cellulare e, come se nulla fosse, si alzò dalla sedia dicendo "Chiamo in ufficio per capire come stanno le cose".

Quelle parole scatenarono una reazione inaspettata che lasciò Costanza come tramortita.

"Non provarci nemmeno!" sbottò "metti via quel cazzo di cellulare e resta seduta." Sergio la fissò con uno sguardo che faceva trasparire una luce sinistra e rivelava un aspetto dell'uomo che forse fin dal primissimo giorno lei aveva intuito. Quell'uomo così gentile che aveva così tante attenzioni per lei, celava uno sguardo troppo penetrante, a tratti insistente. Uno sguardo che la scosse nel profondo.

Rimase impietrita e provò solo il desiderio di correre a casa e di mettersi in salvo da tutto e da tutti. Cercò di respingere le lacrime che le stavano affiorando al bordo delle congiuntive e sperò che il suo interlocutore non si accorgesse di quella che le sarebbe scesa da lì a poco, bagnandole il naso se fosse caduta all'interno o il collo se fosse scivolata all'esterno.

Capitolo 21

Costanza scattò in piedi e con lo slancio fece quasi rovesciare la poltroncina sulla quale era seduta.

"Commissario Laurenti, sta per caso minacciando o impartendo a me degli ordini?" ormai aveva la mascella completamente contratta e i pugni serrati. Non le succedeva da tanto tempo di provare un tale moto d'ira e si spaventò per le conseguenze che avrebbe potuto avere il suo comportamento in quella particolare situazione. Per fortuna gli anni di allenamento al controllo delle sue azioni a vere e proprie provocazioni, la fecero desistere dal continuare ad alimentare l'ansia e la violenza che stava per esplodere da ogni singolo organo del suo corpo. Cercò di calmarsi e, senza guardare l'interlocutore, prese la borsa e uscì da quell'ufficio che la stava soffocando. Le sembrò di correre giù per le scale e, arrivata in strada, si sentì invadere dallo sconforto. Si appoggiò al muro di quell'edificio antico dove c'erano scritte nere, vecchie e scolorite di qualche writer rincoglionito che o non aveva visto le telecamere e non sapeva che quello fosse il palazzo della questura o lo aveva fatto di proposito come sfida. Comunque un coglione.

Costanza frugò nella borsa, prese una sigaretta dal pacchetto e, dopo averla accesa, si accorse che aveva tirato a tal punto da farla diventare un tizzone rovente. Mentre frugava nella borsa vide il foglio che il giorno prima aveva stampato dal pc sul quale aveva annotato i suoi appunti. Lo riguardò e, con un gesto nervoso, lo accartocciò nella mano. Mentre si girava per cercare un cestino vide Sergio che la stava raggiungendo con lo sguardo corrucciato.

"Cosa pensi di fare? Vuoi metterti a fare di testa tua? Ti rendi conto che voglio solo aiutarti?" La stava fissando, mentre Costanza aveva lo sguardo rivolto a terra. Prima di rispondere finì la sigaretta, sempre con lo sguardo rivolto a terra, poi si decise e con una calma glaciale disse "Sergio, non capisco perché, ma c'è qualche cosa che non mi rende serena. Ora ti faccio una domanda semplicissima e poi, senza che t'incazzi, mi fai chiamare un taxi perché me ne voglio andare; a meno che tu non voglia trattenermi come indiziata e farmi arrestare." Sergio disse a denti stretti "Stronza…" Costanza lo fulminò con lo sguardo e a quel punto percepì che tutta la gentilezza riservatale fino a quel momento era molto probabilmente una tattica da poliziotto del cazzo per farla parlare.

Buttò la sigaretta al di là del cordolo del marciapiede, lo fissò con gli occhi stretti e volutamente cattivi e disse "Ora me ne vado, spero di esserle stata utile nelle fasi preliminari delle indagini, ma credo che il nostro rapporto di aiuto reciproco possa finire qui, Commissario Laurenti. Se crede può farmi seguire, può intercettare le mie conversazioni, può mettere cimici ovunque vada; insomma, faccia un po' come crede per capire a che livello sono coinvolta in questa storia assurda, ma da questo momento io non le permetto di dirmi cosa fare, come comportarmi e con chi parlare." Mentre diceva quelle parole si sentiva la testa rimbombare e una serie di immagini le si scaricavano come file impazziti di un pc davanti agli occhi. Cercò di scansare l'uomo con il solo gesto della mano sinistra e passando oltre, verso la via San Carlo, avvertì tutta la tensione di lui, che probabilmente avrebbe voluto trattenerla con la forza. Costanza non esitò e non si voltò nemmeno, sperò piuttosto che lui non la toccasse perché, tesa com'era, non voleva reagire in modo violento. Sapeva che un gesto in più o una parola di troppo l'avrebbe danneggiata. Sergio Laurenti rappresentava in quel momento la persona che avrebbe potuto salvarla oppure distruggerla inesorabilmente.

Quando fu lontana abbastanza da lui si voltò e disse "Scusami Sergio, fai quello che devi, porta avanti le indagini come credi, come fai solitamente in casi importanti come questo. Io ti chiedo di non confondermi e di trattarmi come dovresti trattare chiunque altro. In questo momento mi sento totalmente incapace di rendermi utile per le indagini. Mi capisci?" In realtà la sensazione che Costanza aveva e che avvertiva era di pericolo e la domanda che voleva rivolgergli poco prima rimase inespressa perché si era resa conto solo in quel momento che tutta quella serie di eventi accaduti a breve distanza dalla morte di Davide l'avevano destabilizzata. Doveva riflettere; doveva fare dei piccoli passi alla volta, senza precipitare le decisioni e senza trarre conclusioni, nel bene o nel male. Purtroppo sapeva ormai che in alcune circostanze la vera difficoltà era tenere il timone ben saldo. Navigare a vista non era una buona idea.

Sergio fece per avvicinarsi per fermarla, ma Costanza ormai si era girata, presa da quel senso d'angoscia che sperava di condividere con qualcuno di cui poteva veramente fidarsi. Possibile che il desiderio di condividere la portasse a dare dei giudizi completamente alterati delle persone che incontrava? Possibile che si fosse sbagliata così clamorosamente nel giudicare Sergio una persona dolce e attenta che potesse aiutarla in quel momento complicato della sua esistenza?

Accelerò a tal punto il passo che si ritrovò quasi davanti alla fermata della metropolitana gialla. Si girò un paio di volte per capire se Sergio l'avesse seguita, poi capì che forse stava esagerando, tutta quella fretta nell'allontanarsi dall'unica persona che le aveva detto che la voleva aiutare.

Costanza si prese la testa tra le mani, poi guardò l'ora. Era già passata l'ora di pranzo, faceva caldo e, guardando una bella signora che passeggiava in quel momento con una bimba piccola per mano, cominciò a piangere.

Capitolo 22

Quella stessa mattina Aldo Comucci era arrivato al Campus di buon'ora e aveva trovato ancora più caos del giorno prima.

All'ingresso c'era una folla di giornalisti e di curiosi che quasi impedivano il passaggio ai dipendenti. Parecchi di loro, per evitare di passare dall'ingresso principale per paura di essere intervistati o peggio ripresi dalle televisioni, erano entrati dalla parte posteriore. I giornalisti però avevano scoperto quasi subito la seconda entrata e la folla si era creata anche lì.

Quella gente era assatanata di notizie. Aldo quando li vide non si sorprese e non si scompose minimamente, anzi, come aveva fatto anche il giorno prima, rilasciò una breve e assolutamente inconcludente dichiarazione che sicuramente avrebbe fatto incazzare le alte sfere. "Buongiorno, per quale televisione lavora?" si rivolse tutto pimpante al giovane giornalista che si era avvicinato con un microfono più grosso di lui. "Per canale 27" rispose il ragazzo con il viso stralunato probabilmente dalle prime esperienze di notti insonni ad inseguire il sogno di emergere in quel mare di notizie, "andiamo in onda in diretta con il programma "Cronaca Milanese 27", se si scosta più a sinistra la inquadriamo meglio con lo sfondo del Campus e se ha due minuti le faccio un paio di domande". Aldo non esitò nemmeno un secondo e con un sorriso smagliante, come se dovesse parlare dell'ultima partita di Champions, disse "Beh, da giovane ho fatto il giornalista anch'io per arrotondare e capisco quanto sia dura per voi ragazzi." Il giovane lo guardò con un misto di pena e di disgusto, ma Aldo non ci fece caso, preso com'era dal voler sfoggiare tutta la sua personalità. I due si misero uno di fianco all'altro e cominciarono a parlare, mentre l'operatore con una telecamera portatile stava cercando di carpire l'inquadratura migliore e aspettava il collegamento dallo studio per l'ok alle riprese. Aldo sembrò gongolare al pensiero di andare in onda in diretta e poco contava se i personaggi in studio fossero di un livello alquanto discutibile e di mediocre spessore. Aldo era fatto così, pur di apparire non badava per chi e con chi aveva a che fare; pur di sentirsi protagonista si sarebbe anche sputtanato a livello nazionale e senza volerlo ora si stava per mettere in una posizione decisamente scomoda. I vertici dell'Istituto non avrebbero gradito quell'apparizione e l'avrebbero presa come un'ennesima provocazione. Aldo ne era consapevole e questo lo faceva godere ancora di più.

L'intervista si concluse rapidamente, gli vennero fatte delle domande banali che riguardavano la vita privata del povero Davide, alle quali ovviamente Aldo non diede troppa importanza. Cercò infatti di portare il giovane intervistatore ad intervistarlo sull'attività scientifica svolta dal Lanza presso i laboratori del Campus, perché era convinto di poter fare qualche dichiarazione scomoda che lasciasse intendere di più sugli interessi comuni tra l'Istituto e una certa azienda farmaceutica. Tale era la sua presunzione che se in quel momento ci fosse stato un altro giornalista, lo avrebbe fatto cadere in un mare di merda. Era veramente un uomo privo di confine di se stesso. Purtroppo o per fortuna il presentatore in studio interruppe il collegamento proprio nel momento in cui

Aldo stava per parlare del Proncotogen. La faccia di Aldo quando il giovane giornalista gli comunicò che per loro era abbastanza così, fu uguale a quella di un cane quando gli viene tolto un gioco dalle zampe.

"Basta così?" disse rivolgendosi alla telecamera con la lucina rossa lampeggiante e al suo operatore dai capelli lunghi che si accese una sigaretta e manco gli rivolse una parola. L'unico a salutarlo e a ringraziarlo fu il giovane giornalista, quasi imbarazzato per aver capito la scarsissima qualità di contenuti del programma per cui lavorava.

Aldo aprì le braccia e, come suo solito, salutò calorosamente e con entusiasmo i giovani del canale 27 ed entrò con ampie falcate dal cancello principale, facendo cenni di saluto anche agli altri giornalisti, forse per non volerli deludere, visto che non si era fermato a rilasciare interviste a tutti.

Il professore si avviò verso la Segreteria deciso a parlare con Costanza che il giorno prima l'aveva fatto veramente innervosire, negandosi al telefono. "Quella ragazza mi farà veramente incazzare" disse Aldo fra sé e, giunto sulla soglia dell'open space, vide le tre ragazze al lavoro dietro i loro pc e la scrivania di Costanza vuota.

"Buongiorno mie belle creature." Esclamò con voce squillante per richiamare l'attenzione delle tre ragazze come il maschio della civetta.

Gli ormoni delle ragazze cominciarono a schizzare e Sara ripose al richiamo prima delle altre con un sonoro "Ciao

Aldo. Come va? Dio mio che giornate infernali, meno male che ci sei tu a tirarci un po' su il morale". Aldo inondò la stanza di profumo e si fermò come al solito di fronte alla scrivania di Costanza, non si girò nemmeno a guardare Sara e disse secco "Dov'è Costanza?". Quella domanda provocò un moto di stizza nella povera Sara che si rese conto che, per quanto potesse mostrarsi affabile e disponibile ad esaltare quel bell'esemplare di maschio con effusioni e carinerie, non ne ricavava che della semplice indifferenza. Così, cambiando completamente tono, rispose "No Aldo, oggi la Dottoressa Kress non viene." Ovviamente quelle parole mostrarono tutto l'astio nei confronti di Costanza e non ci fu molto altro che lui potesse aggiungere, anche perché si rese conto che forse non era stata una buona idea rivolgersi a quelle tre, simili alle scimmiette "non vedo, non sento e non parlo".

Aldo era chiaramente un narciso ego riferito, ma sicuramente non era uno stupido e capì immediatamente che in quella circostanza ogni sfumatura poteva nuocere a Costanza. Se normalmente era nell'occhio del ciclone, chissà adesso cosa avrebbero potuto macchinare contro di lei pur di oscurarla per sempre.

Aldo avrebbe dovuto immaginarlo perché anche lui ne aveva subite parecchie di bordate, a causa dell'invidia e del malanimo di gran parte dei suoi colleghi. L'unica differenza fra i due stava nel fatto che dalla perfidia delle persone lui ricavava una sorta di godimento e di sprone per combattere, mentre Costanza ne era sopraffatta e la faceva solo diventare ancora più irraggiungibile.

Si accomiatò dunque velocemente e farfugliò qualche cosa circa un lavoro che stava aspettando e di cui era informata solo Costanza. Una scusa come un'altra per giustificare il suo interesse per l'unica segretaria che al momento era assente.

***

Tornato in ufficio controllò per quasi tutta la mattina il cellulare, sperando che Costanza mandasse un segnale di voler comunicare con lui. Si era imposto di non cercarla, per due motivi: il primo per semplice orgoglio maschile e il secondo perché non voleva esporsi troppo. La sera prima, infatti, si era ripetuto che doveva fare attenzione e che sicuramente Costanza sarebbe stata messa sotto controllo in quanto una delle persone informate sui fatti. In tutti e due i casi era solo per un motivo puramente personale. Non poteva rischiare di essere coinvolto in prima persona e un conto era rilasciare un'intervista del cazzo che magari gli avrebbe dato anche un po' di notorietà, un conto era essere coinvolto in una storia di omicidio. Costanza gli piaceva e anche molto, ma lui doveva tutelarsi e tutelare la sua famiglia e non ultimo tutelare la sua carriera. I suoi vizi onestamente fino a quella terribile notte non erano mai nuociuti a nessuno e così doveva continuare ad essere. Bisognava che le acque tornassero calme.

Con quei pensieri in testa ed il Corriere della Sera aperto sulla scrivania, non sentì la vibrazione del cellulare.

Dopo qualche minuto guardò lo schermo che si era illu-
minato e a quel punto con il cellulare vibrante fra le mani
rispose.

"Costanza, dove cazzo sei?" Aldo non riusciva a distinguere la voce della donna che sembrava parlare dalla
rampa di lancio di un missile atomico.

Capitolo 23

"Pronto Aldo? Mi senti? era scesa in metropolitana ed era appena salita sul treno in direzione Comasina, poiché in quel momento era solo in grado di pensare al calore che le dava la casa dei suoi vecchi genitori. Era sconvolta e non riusciva quasi neppure a orientarsi, voleva trovare un luogo fisico e mentale dove poter riordinare quel miscuglio di fatti ed emozioni. Senza esitare cercò un sedile vuoto per potersi abbandonare ai suoi pensieri e riordinare un po' la mente. Guardò distrattamente i suoi compagni di viaggio e si calmò leggermente. Poi le venne in mente che in quei mesi bui passati al Campus Aldo era stato l'unico a darle conforto e il fatto che lei l'avesse completamente escluso in quei due giorni non era corretto. Il Professore l'aveva cercata e magari avrebbe voluto darle aiuto, ma quegli occhi grandi di Sergio le avevano trasmesso una bella sensazione e l'avevano distolta da tutto. Selezionò il numero di Aldo e poi scosse la testa; pensò che il suo più grande difetto era proprio quello di non avere minimamente la capacità di capire e di valutare le persone al volo.

"Aldo ciao, sono in metropolitana" alzò il volume della voce e si tappò l'orecchio sinistro per cercare di sentire meglio la risposta. Il frastuono della metropolitana in corsa era assordante e i due fecero fatica a comunicare fino a quando il treno raggiunse la fermata Repubblica, rallentò e lei finalmente capì chiaramente le parole di Aldo "Dobbiamo vederci. Se sei già in metropolitana vediamoci a Crocetta fra mezz'ora." Sembrò darle un

ordine, ma in realtà lei percepì nelle sue parole il desiderio di incontrarla.

Scese velocemente dal vagone, salì le scale e ridiscese
dall'altra parte in direzione San Donato. Si mise in attesa
del treno e scrisse rapidamente dei messaggi. Il primo ai
suoi, in cui li avvisava che stava bene e che sarebbe tornata a casa quanto prima, il secondo alla sua amica Federica
per dirle che l'avrebbe chiamata più tardi e che doveva
assolutamente parlarle, infine l'ultimo a Sergio, lo rilesse, poi con rabbia lo cancellò, "non commettere cazzate
con i messaggi Costanza", si disse, e ricacciò il telefono
nella borsa. Si infilò di nuovo nel vagone della metropolitana che a quell'ora cacciava un calore infernale e si sentì subito aderire la camicia bianca di cotone alla schiena
per il sudore, ma non si scompose minimamente, anzi si
guardò in giro e strinse ancora di più a sé la borsa che
aveva sotto il braccio destro. Accostandola al corpo sentì
vibrare il cellulare e capì che le stavano arrivando diversi messaggi di risposta. Non volle aprire nuovamente la
borsa per evitare di fare troppi movimenti che potessero
attirare l'attenzione, visto la tipologia di gente che viag-
giava in metropolitana. Osservò per un po' la calca che
salì alla fermata Duomo. Agghiacciante. Poi si soffermò
con lo sguardo a osservare una ragazza che con accani-
mento scriveva a due mani sul cellulare. Costanza si chiese quanti anni poteva avere, poi ripensò alle sue colleghe
che avevano tutte un po' lo stile di quella povera ragazza. La testa reclinata sempre su una tastiera, del pc, dello
smartphone, tastiere e solo tastiere, sembravano riuscire
a comunicare solo attraverso dei tasti.

Spostò lo sguardo sulle fermate scritte sopra le porte del vagone e si accorse di doversi preparare a scendere, perché era appena passata Missori. Prossima fermata Crocetta.

Le venne allora in mente qualche cosa che in quella storia le era apparso troppo strano sin dall'inizio. Perché Davide Lanza stringeva un pezzo di carta in mano con il suo nome? Da lì era iniziato tutto e da lì doveva cominciare a capire.

Nonostante altri eventi gravi fossero accaduti dopo la scoperta del corpo di Davide e dopo il suo decesso in ospedale, quello che non le tornava era perché Davide aveva in mano quel biglietto e come ci era arrivato. L'aveva strappato di proposito perché c'era il nome di lei oppure era stata una cosa involontaria? Magari era stato un caso, un gesto inconsulto avvenuto durante la colluttazione con il suo assassino. Oppure, ancora peggio, qualcuno glielo aveva messo in mano dopo lo scontro. Tutte queste ipotesi aprivano degli scenari completamente diversi. Quindi, secondo la sua teoria, doveva scoprire prima di tutto come quel pezzo di carta col suo nome fosse finito nella mano di Davide e soprattutto il perché.

Con quei pensieri ancora molto aggrovigliati in mente, risalì in superficie e si trovò appena fuori dalla metropolitana di Crocetta e la prima persona che vide fu Aldo, che evidentemente la stava aspettando da un po', visto il suo stato.

"Ciao Costanza" il professore sollevò le braccia lunghe e fece per andarle incontro, cercando di abbracciarla. Poi si fermò, la guardò fissa negli occhi e disse "Cosa c'è? Cos'è successo Costanza, non capisco perché finora hai voluto tenermi fuori da questa storia. Ti ho cercato, ero preoccupato per te e speravo di esserti d'aiuto." i due s'incamminarono verso il centro, Aldo le prese delicatamente il braccio e se lo cinse attorno al suo con un gesto che significò molto per Costanza. Sembrò comunicarle il suo sostegno, oltre che fisico anche morale.

"Adesso ci facciamo due passi e andiamo a mangiare una cosa da qualche parte, così mi racconti tutto con calma. Soprattutto ti devo chiedere cosa sai di questo Commissario. Ieri mi hai visto parlare in cortile con quel tizio, no? Ti ho detto che è il PM che probabilmente seguirà il caso? Io l'avevo già conosciuto tre anni fa nell'ambito delle indagini a seguito dell'incidente allo stabulario, quando, ricorderai, alcune cavie scomparvero dal laboratorio, con conseguenti grane che riuscimmo a malapena a tacitare. Ebbene, mi ha fatto capire fra le righe che questa volta deve seguire le indagini molto da vicino, proprio perché sono state affidate al Commissario Capo Sergio Laurenti. A quanto pare il tuo bel Commissario è stato implicato tempo fa in vicende riguardanti personaggi importanti del Campus legati alla Fitolison."

Costanza si bloccò e guardò il professore con gli occhi stretti e col volto talmente contratto che la ruga in mezzo alle sopracciglia era diventata un solco deciso. "Cosa intendi dire per vicende riguardanti esponenti del Campus legati a Fitolison?"

Aldo le prese il volto fra le mani, si avvicinò quasi fino alle labbra e sussurrò "Sei così bella Costanza. In questi giorni ero arrivato a Milano per chiederti di uscire con me, di stare con me. Poi tutta 'sta storia ci ha sballato e ora…" Aldo non finì la frase e trascinò il volto di Costanza vicino al suo petto. La donna era impietrita, tutto si sarebbe aspettata, ma mai una manifestazione così densa di emotività da parte dell'affascinante professore.

I due rimasero così per qualche istante, semplicemente abbracciati come due amanti che devono separarsi dopo una notte d'amore, e ad un certo punto lui le disse "Costanza mia, ora ti racconto quali cose assurde sono venuto a sapere circa la Fitolison, come e perché è nata e quante persone sono state coinvolte in questi anni in affari veramente sporchi."

Capitolo 24

Aldo e Costanza assieme erano bellissimi e, nonostante non fossero nella loro forma migliore, dati gli eventi e dato il caldo, emanavano quell'aura di bellezza che solo alcune coppie riescono ad avere. Le signore che passeggiavano per i negozi di quella bella zona di Milano si giravano a guardarli e si immaginavano di loro la più bella storia d'amore.

I due invece si stavano aggirando per le vie del centro in cerca di un posto dove poter parlare di fatti che con l'amore c'entravano poco.

I loro sguardi tristi e stanchi non parlavano di due amanti che stavano rubando il tempo alle ore della mattina dopo essere stati assieme. Nei loro occhi c'era la grande angoscia di dover affrontare una situazione ben più complicata di un tradimento. L'omicidio di Davide era da ricondurre alla sua vita privata o poteva essere il triste epilogo di un disegno più grande? Davide era stato ucciso da un sistema corrotto in cui era finito suo malgrado, oppure era uno di quei casi in cui l'aggressore agisce sotto un impulso omicida momentaneo?

Costanza rallentò il passo, sempre con il braccio attorno a quello di Aldo che le stava al passo; poi si fermò all'improvviso e, guardandolo con il volto arrossato dal caldo, disse "Aldo, tu ancora non sai nulla vero della lettera anonima che ho ricevuto? E non sai nulla nemmeno dell'assurda aggressione che ho avuto questa mattina da parte di qualcuno che aveva il preciso intento di rubare quella lettera?" Il professore si irrigidì e esclamò ad alta voce "Che cazzo stai dicendo Costanza? Non so nulla, no. Quale lettera? Cosa significa che sei stata aggredita?" il professore era notevolmente alterato e Costanza gli dovette raccontare subito gli ultimi eventi, anche perché riteneva che la morte di Davide potesse avere più di una chiave che portasse alla sua spiegazione. Del resto c'erano troppi elementi che facevano di quel caso di cronaca una vicenda complicata e delicata da gestire. Aldo d'istinto l'abbracciò e, mentre affondava il viso nel suo petto, lei gli disse "Aldo, questa mattina ero in ufficio dal Commissario Laurenti e ho visto il tuo saggio "Etica di un omicidio" nella sua libreria." Si staccò da quel petto caldo e aggiunse "Aldo, non so più cosa pensare, mi sento come se mi avessero catapultata in un'allucinazione e, credimi, ho veramente paura che la faccenda possa prendere qualunque piega."

Sentire pronunciare il suo nome dalla voce di Costanza fece andare il Professore in uno stato di forte intensità emotiva. Quella donna lo eccitava e lo emozionava allo stesso tempo. Gli era capitato troppe volte ormai di pensare a lei e di eccitarsi. Il resto del materiale umano che gli veniva puntualmente "rifornito" al Campus non gli bastava più. Costanza l'aveva totalmente stregato e il desiderio di fare sesso con lei lo portava stranamente ad avere un senso di protezione nei suoi confronti. Questa cosa lo sbalordiva e lo divertiva. Costanza era una grande novità e lui da uomo di scienza doveva poterla "studiare".

"Ascoltami andiamo a mangiare qualche cosa qui avanti sotto i portici di piazza Diaz. Mi sembra ci sia un buon bar che fa anche piatti freddi. Devi mangiare qualche cosa altrimenti non riesci nemmeno a ragionare." Il professore e Costanza avevano fatto un bel pezzo di strada e lei si accorse effettivamente di avere una gran fame, così rispose "Sì Aldo, mangiamo qualche cosa, così mi chiarisci questo fatto dell'implicazione del Laurenti con le case farmaceutiche e nello specifico con la Fitolison. Sai inoltre che la pagina del registro delle consegne del giorno in cui è avvenuto l'incidente è stata sottratta? Io poco prima l'avevo controllata e la spedizione che Davide aveva ricevuto il giorno prima era contrassegnata dalla sigla FTLN. Inoltre, risalendo a tutte le sue firme, ho ritrovato sempre la stessa sigla che sicuramente sta per Fitolison. Sta di fatto che la pagina è sparita sotto gli occhi di tutti e questa si aggiunge alla lista delle cose strane che stanno capitando, tutte collegate alla morte di questo povero ragazzo."

Arrivati al bar Diaz si sedettero ai tavolini fuori perché, nonostante il caldo di quelle giornate di luglio, il poter fumare liberamente faceva la differenza. Aldo fece cenno al cameriere che arrivò subito.

Ordinarono due insalatone e due calici di vino bianco e nell'attesa Costanza si accese una sigaretta e guardò Aldo mentre faceva le varie operazioni prima di riuscire a fumare il suo toscano. "Sto pensando di smettere di fumare" disse lei appoggiata allo schienale della sedia in finto vimini, di un bel marrone scuro, con quello stile creato appositamente per questi eleganti dehors milanesi. Il Professore sembrò quasi non ascoltarla, intento com'era a troncare il sigaro con l'apposito arnese e poi a bagnarlo leggermente con le labbra prima di accenderlo con dei lunghi fiammiferi neri con la capocchia bianca.

"Costanza, quello che non mi è completamente chiaro e che mi lascia del tutto perplesso è la dinamica con cui si è svolta l'aggressione a Davide Lanza. Non è possibile che il Commissario Laurenti non ne abbia tenuto conto." Aldo aveva le gambe accavallate e fumava il sigaro come se stesse fumando una piccola sigaretta da donna e aggiunse "quel ragazzo è stato massacrato come se qualcuno fosse stato in preda all'ira. Un assassino freddo e spietato certo non fa tutto quel casino. Questo mi fa pensare che non sia stata un'esecuzione per un qualche cosa riguardante interessi di tipo economico/politico, ma probabilmente per delle ragioni personali. Insomma, quello che voglio dire è che non volevano farlo fuori perché scomodo per dei personaggi di un livello importante, altrimenti sicuramente sarebbe stato eliminato in un altro luogo, con un colpo secco di pistola, magari usando il silenziatore, senza il rischio, come invece stava per accadere, che potesse rimanere in vita. Insomma questa è stata un'aggressione di una persona incazzata e presa dalla furia del momento. Ti pare?" Costanza lo stava ascoltando, sbocconcellando la sua insalata che nel frattempo era stata servita in ciotole di ceramica bianca più grandi del necessario. Deglutì, tamponò le labbra col tovagliolo e prese un sorso di vino, poi rispose "Questo l'ho pensato anch'io Aldo. Però quello che non capisco è il perché della sparizione della pagina del registro, tutta questa manfrina del biglietto col mio nome ritrovato in mano a Davide e la lettera anonima che mi è stata sottratta con una modalità da ladro di polli; un professionista si sarebbe sicuramente accertato prima dei miei movimenti invece di rischiare di essere beccato da

Sergio che è arrivato due minuti dopo di lui." Fece una pausa e prese un boccone d'insalata, pensando che forse ci sarebbe stata bene della senape, e aggiunse "Ci sono due punti che in questa storia non quadrano per niente. Il primo è che cazzo c'entra la Fitolison con possibili interessi economici riguardanti gli esperimenti di Davide e le modalità dell'aggressione. Potrebbe essere una costruzione precisa per creare un depistaggio oppure c'è un collegamento che noi non siamo ancora in grado di capire? Il secondo punto riguarda il Commissario Capo Laurenti. Io sarò anche stupida e mi faccio abbindolare dal primo che capita per strada, ma cazzo è possibile che Sergio possa essere in qualche modo coinvolto in questa vicenda? Non è strano che abbia cercato subito di coinvolgermi così da vicino? E se l'ha fatto, è perché sospetta di un mio collegamento all'omicidio o perché vuole tenermi lontano da alcune scomode verità, avendomi più sotto controllo?"

Aldo aveva già finito la sua insalata e pure il bicchiere di vino e, dopo aver ascoltato i dubbi di Costanza, si mise a spiegare tutta la vicenda che riguardava la Fitolison e tutto il puttanaio che si era venuto a creare al Campus proprio a causa di esperimenti di medicina molecolare, finanziati da questa casa farmaceutica nata per volontà degli stessi soci fondatori dell'Ospedale e del Campus. C'erano interessi economici enormi in quella vicenda, oltre che puri interessi scientifici, ormai i singoli soci avevano interessi troppo importanti. Alcuni avevano investito tutto in quell'operazione di "inside trading". Tutti i farmaci usati per gli esperimenti, tutti gli studi di prima e seconda linea, tutto era controllato dalla Fitolison e si poteva bene immaginare come le quote azionarie di questa azienda fossero cresciute negli ultimi anni in maniera esponenziale. Ma quello che era cresciuto soprattutto era il conto in banca di chi era riuscito ad accaparrare, nel momento della creazione di questa azienda farmaceutica esclusiva dell'AMOO-CRC, un bel pacchetto azionario.

Insomma, parecchi lì in Istituto ed al Campus avevano fatto il botto. Erano diventati milionari e ovviamente si potevano immaginare le quantità di mazzette che vagavano per far sì che la cosa si mantenesse su un piano più che legale o almeno non trapelasse in maniera teatrale. Per questo motivo il nome di Sergio Laurenti era stato legato, in qualità di Commissario Capo della Polizia, ad eventuali insabbiamenti/tangenti di traffici di organi, sdoganamenti di farmaci, insabbiamento di prove, di tutto e di più che potesse agevolare l'Azienda e di conseguenza i vari portafogli di chi in essa aveva riposto interessi non puramente scientifici.

Costanza lo stava ascoltando con la bocca semi aperta, quando vide Aldo irrigidirsi e immediatamente si sentì toccare la spalla.

Quando si girò vide il volto sudato e stralunato del Commissario Laurenti.

Capitolo 25

"Oh Commissario Laurenti, che piacere! Anche Lei da queste parti?" la voce di Aldo risuonò come uno squillo di tromba e gli avventori del bar Diaz si voltarono tutti a guardare i tre, che già avevano un notevole impatto visivo e certo non avevano bisogno di attirare l'attenzione con uscite sonore del genere. Mentre diceva quelle parole di circostanza, Aldo si alzò e porse la mano al Commissario che, avendo ancora la mano destra sulla spalla di Costanza, le diede una stretta più forte prima di lasciare la presa per porgerla al Professore. Quest'ultimo, sempre con un tono di voce da oratore di piazza, disse "Si accomodi qui con noi e ci racconti un po' come stanno andando le indagini." Costanza lo fulminò con gli occhi, ma purtroppo il Commissario aveva già preso posto al tavolino e, rivolgendosi proprio a lei, disse "Certo che la vita è proprio strana. Pensavo di non rivederti più, dal modo in cui sei fuggita dal mio ufficio e invece, guarda un po' che coincidenza!" Nelle parole e nel tono di Sergio c'era un bel po' di sarcasmo, tanto che vi fu un istante in cui nessuno dei tre seppe cosa dire. Solo Sergio, con lo stesso tono indisponente, si rivolse al professore e chiese "E lei professore, è pronto ad andare in televisione? Per un tipo come lei credo che non ci siano problemi, anzi mi sembra ci abbia già provato con un tentativo invero un po' squallido." Con due frasi il Commissario era riuscito a creare un clima di ghiaccio, come se avesse soffiato un vento gelido e si fosse cristallizzato tutto. Costanza si strinse le braccia allo stomaco perché provò di botto una sensazione di freddo e di disagio. Sembrava di assistere a una di quelle scene di gelosia dove il marito, dopo aver pedinato i due amanti per un po', li sorprende intenti a chiacchierare in un bar, li raggiunge e cerca di metterli in imbarazzo per capire a che punto fosse arrivata la loro relazione.

"Basta! Cazzo ora basta" Costanza sbottò all'improvviso e con un gesto ampio delle mani si tirò i capelli come a rifarsi una coda di cavallo e poi abbandonò le mani sul tavolino del bar, ripetendo "Basta! Ma vi rendete conto di quello che stiamo vivendo? Mi sembra di essere entrata in un incubo. Possibile che non riesca a capire se posso fidarmi o meno delle istituzioni? Certo che con questo cazzo di atteggiamento da "guapponcello di cartone", caro Sergio, non aiuti nessuno e soprattutto non aiuti il povero Davide. Quel ragazzo è stato ucciso e non si riescono a mettere assieme due indizi validi per la risoluzione di un caso che magari è semplicissimo e non deve per forza avere delle ragioni economico-politiche di livello internazionale.
Sergio, ma ti rendi conto che per com'è avvenuta 'sta cazzo d'aggressione il ragazzo potrebbe essere stato ucciso per una banale lite? Non ti sembra che tutti gli elementi che si sono venuti a creare come possibili indizi siano talmente assurdi e scollegati da sembrare messi lì apposta per far annaspare e portare a seguire piste totalmente diverse una dall'altra?"

Costanza era diventata rossa e, fra il caldo e l'agitazione, sentiva colare il sudore in maniera profusa giù per la schiena e davanti, in mezzo ai due piccoli seni, le si stava formando un rivolo di bagnato che sentiva arrivarle fino alla cinta dei pantaloni.

I tre si diedero un rapido scambio di sguardi. A quel punto Costanza pensò che Aldo dicesse la solita frase a effetto perché dall'espressione che gli si era creata sul volto era quasi sicura che avrebbe voluto spezzare la tensione con una delle sue uscite cazzute e un po' istrioniche, ma anche lui era impietrito. Fu Sergio ad intervenire. Intrecciò fortissimo le mani ed emise un suono per richiamare l'attenzione su di lui, poi cominciò a parlare senza guardare veramente, ma fissando un punto del piccolo tavolo.

"C'è un momento nella vita in cui si realizza di non aver scelto, ma di essere stato condizionato da fatti e persone senza rendersene veramente conto. Voi ci avete mai fatto caso? Avete mai provato a vivere un momento simile nella vostra vita?".

Quelle parole, quelle due domande buttate là in quella circostanza di tensione lasciarono il professore e Costanza di sale. Ovviamente i due non fiatarono per permettere all'uomo che avevano di fronte di continuare quell'inizio di confessione che iniziava a sgorgare dal petto. In quel momento Sergio era come un tombino di Milano appena piove. Stava esondando. "Tutta questa storia mi è esplosa in mano e per quanto ora io stia cercando di ricostruire esattamente quanto accaduto l'altro giorno in quel laboratorio, sto subendo tante di quelle pressioni che purtroppo non potevo nemmeno immaginare. Davide non doveva morire. Il fatto ha scatenato il panico soprattutto ai vertici di Fitolison e in tutti coloro che ad oggi sono coinvolti con enormi interessi economici negli studi sul Protoncogen." Costanza strabuzzò gli occhi rivolgendoli ad Aldo in maniera interrogativa e Sergio capì che doveva fare un piccolo resoconto di quello che era accaduto fino al giorno dell'omicidio e il motivo per cui lui fosse già coinvolto in quella storia. Infatti continuò, ma stavolta guardando dritto negli occhi Costanza, "Premetto che quando mi hanno assegnato al caso di Davide per le indagini preliminari ho temuto subito ci potesse essere un collegamento fra la sua morte e il fatto che il ragazzo stesse lavorando con i dosaggi del Protoncogen. Gli esperimenti che Davide stava portando avanti da almeno tre anni stavano dando dei risultati inaspettati e i dirigenti della Fitolison, sostenuti dal comitato etico dell'AMOO-CRC, stavano spingendo affinché il farmaco venisse approvato definitivamente, bypassando tutti i test che per legge devono essere fatti per poter avere l'approvazione finale del Ministero della Salute." L'uomo si toccò nervosamente la fronte e poi cercò nuovamente lo sguardo di Costanza "Non puoi capire quanti compromessi e quanta merda ho dovuto coprire" disse, "È bastato un attimo e mi sono trovato dall'altra parte, senza poter scegliere. Per non aver scelto sono diventato un delinquente. Ho permesso che mi cadessero in tasca dei soldi sporchi per girare la testa dall'altra parte e che quei porci facessero i comodi loro e si arricchissero con una cosa sacra come la salute." Poi esitò un momento e Costanza si accorse che Aldo guardava Sergio con un sorriso quasi divertito, ma che a veder bene poteva essere di completo disprezzo. "Ma è morto un ragazzo, Cristo" disse Sergio di botto, alzando anche leggermente la voce "e questo ha cambiato tutto".

L'uomo, che fino a quel momento sembrava volesse mettere in difficoltà sia il Professore sia Costanza, in realtà era di colpo crollato.

Costanza fece un'unica domanda che risuonò come un abbraccio inaspettato a quel ragazzo dai capelli ricci e neri che la guardava con delle isole negli occhi e gli domandò "Perché?".

Capitolo 26

Quel "Perché" rimase nell'aria come una nuvola di fumo, come il fumo denso che usciva dal sigaro del Professor Comucci che invece, senza esitazione, picchiò i pugni sul piccolo tavolino del bar, facendo tremare senza volere le tre tazzine dei caffè che avevano appena portato i camerieri. Quel rumore catturò l'attenzione dei due e il professore disse con voce ferma e seria "Perché la natura umana porta a comportarsi in modo tale da giustificare anche le peggiori azioni. Perché come ho scritto anche nel saggio "Etica di un Omicidio", un essere umano tende a spostare l'asse della propria morale e della propria etica fino a un punto tale che l'atto criminoso gli risulti plausibile."

"Frena, frena" disse Costanza. "Non è proprio il Saggio che ho visto nella libreria di fronte alla tua scrivania Sergio?" La donna si stava ora rivolgendo a Sergio, perché si rese conto che doveva fare chiarezza sul fatto che ci potesse esser un collegamento fra i due uomini. Poi, senza rendersene conto, fece esplodere una bomba al centro di quel piccolo tavolino "Voi due vi conoscete già, cazzo!" e prima che uno dei due uomini potesse profferir parola aggiunse "da quanto tempo va avanti questa storia? Da quando sono arrivata al Campus, non è vero?" ormai era un fiume in piena e capì che aveva imboccato una discesa a trecento chilometri all'ora. Spostò lo sguardo su Aldo e alzò leggermente la voce "Da quanto tempo va avanti, eh? Tu che cerchi di sedurmi e di portarmi a letto per capire fino a dove posso essere coinvolta. Volevi testare fino a che punto posso essere manipolata? Una stupida ingenua, giusto? Una bella fica presa di mira dai vertici del Campus e alla quale si può appioppare qualsiasi storia torbida, perché tanto la considerazione di me è già molto bassa, eh?" strinse i denti e digrignò un "che figli di puttana..." Le vennero quasi le lacrime agli occhi, ma le ricacciò indietro all'istante e poi continuò perché vide che i due uomini si erano impietriti di fronte alla furia che stava sgorgando dal suo petto.

"Ora mi dite tutto quello che sapete senza prendermi troppo per il culo. Rischio di essere coinvolta in questa storia di merda solo per colpa vostra? Non ci posso credere! Avete calcolato tutto per insabbiare le prove riguardanti i vostri interessi schifosi. Quando il ragazzo è morto non avete capito più nulla. Non era previsto, giusto? Non era previsto che Davide fosse aggredito a quel modo e voi siete andati nel panico. Ora dovete spiegarmi che cazzo sta succedendo in maniera chiara! Altrimenti vado dritta dal Procuratore della Repubblica e vi sputtano, a costo di chiamare tutte le televisioni e i giornali e dire che avete messo in piedi tutta 'sta storia per agevolare una casa farmaceutica e i suoi esperimenti di merda." Costanza non riusciva a fermarsi e si rese conto che ormai le si era creata una sorta di emorragia cerebrale dalla quale sgorgava ogni tipo di considerazione. La fermò Sergio che le afferrò il gomito, sporgendosi leggermente verso di lei e, con la bocca serrata per non urlare, disse, minaccioso "Ora ti calmi Costanza. Non fare la testa di cazzo o ti porto a fare un giro in centrale così voglio vedere che cazzo dici al tuo dolce paparino quando viene a sapere che sua figlia è indagata per la morte di un giovane ricercatore del Campus. Stai calma e segui quello che adesso il tuo amico professore ti spiegherà".

Ora impietrita era Costanza che incredula spostò più volte lo sguardo prima su Aldo poi su Sergio e viceversa. Stava vivendo un incubo e di colpo la prese la smania di scappare lontano da quei due.

Perché il telefono non dava segno di vita? Perché suo padre o sua madre ancora non l'avevano chiamata? Perché i suoi amici in quel momento non la stavano cercando? Si sentì sprofondare in un posto buio di sconforto dove non poteva avere punti di riferimento se non cercare di stare calma e di venirne fuori con le proprie capacità. Capì che l'unico modo era affrontare i due e sapere fino in fondo che piani avevano; soprattutto a che livello e in che modo erano coinvolti con la morte del ragazzo.

Aldo sorrise a Sergio e disse col suo solito tono impertinente "Non trovi che Costanza sia ancora più bella quando si altera? Questa donna bisognerebbe tenerla legata a un letto e scoparla per ore perché emana tanto di quel sesso che potresti riempirla senza sosta tutto il giorno" Non solo Costanza si irrigidì ancora di più, ma capì all'istante che i due erano d'accordo; l'avevano usata, avevano preso accordi e fatto piani già da tempo per tirarla dentro a sua insaputa in una storia assurda. Cominciò a provare paura. Non riuscì a muoversi e sentì il sudore che le correva lungo la schiena asciugarsi all'istante, nonostante la temperatura elevata del primo pomeriggio. Avvertì il collo rigido a tal punto che una fitta di dolore le partì dalla base del cranio fino all'occhio sinistro. Era tesa al punto che non riuscì neppure a prendere la sigaretta dal pacchetto poggiato sul tavolino. "Eh dai piantala con 'sta storia Aldo" prese a dire Sergio con aria scazzata "dovresti farti curare tu e la tua smania di scopare ogni bel culo del Campus". Era chiaro che i due si conoscevano e anche bene, probabilmente non era la prima volta che trafficavano in cose losche. Ormai il loro grado di confidenza era chiaro, ciò che non era chiaro era che cazzo volessero da lei e a quel punto glielo chiese chiaramente "Quindi? Cosa Cristo volete da me adesso?"

"Ehi ehi, la Dottoressina Kress si sta alterando veramente, ora sarà meglio spiegarle tutto senza prenderla troppo per il bel culo che si ritrova." Anche Sergio ormai aveva assunto il tono del peggiore assassino perverso e Costanza pensò di vivere il suo incubo peggiore. Si trovava in un bar del centro con i due uomini che fino a quel momento le sembravano ciò che di meglio si potesse sperare di conoscere e invece le parlavano come due delinquenti che avrebbero potuto stuprarla e lasciarla esanime ai bordi di un'autostrada, come un cane. Per un istante pensò "Forse stanno scherzando per sdrammatizzare la situazione? Non è possibile che stia succedendo a me".

Invece stava succedendo proprio a lei e da lì in poi i fatti presero una piega totalmente inaspettata.

Capitolo 27

Sergio e Aldo si diedero un'occhiata d'intesa e poi Aldo, rivolgendosi a Costanza, fece "spallucce" come se si trattasse di una situazione che era capitata loro malgrado, per la quale non si poteva fare più nulla.

Costanza era attonita, gettata di colpo in una situazione per lei del tutto surreale. Lei, che era abituata ad uscire dal lavoro, a recarsi a casa a vedere come stavano i suoi e poi ad andare dalla sua gatta e al massimo scambiare due parole con i suoi due amici vicini di casa.

Lei, che ogni giorno affrontava una routine al limite del paranoico e che doveva gestire quei banali screzi infantili con le colleghe, senza sbottare tutte le volte in maniera pesante. Poteva essere mai capitato a lei? Aveva veramente davanti due mostri che la stavano minacciando?

***

Costanza ebbe una reazione imprevista. Talmente imprevista che i due interlocutori non riuscirono a capire se fosse veramente la donna con la quale fino a quel momento avevano avuto a che fare.

"Bene, molto bene" disse lei strizzando leggermente gli occhi "possiamo parlarne con molta calma e capire se in questo "giochino" ci posso entrare anch'io. Cosa ne dite? nell'affare c'è posto per un'altra persona?"

Costanza stessa faticò a credere che quelle parole potessero uscire dalla sua bocca, ma le diedero un gran senso di potere e senza avere il minimo cenno di agitazione prese il pacchetto di sigarette, ancora nella stessa posizione di prima, ed estrasse una bionda con gli incisivi. Quello stato di calma infinita la rese una donna con una forza inimmaginabile. E quando sentì vibrare il telefono che teneva in tasca disse "Scusate, devo rispondere e poi torniamo sull'argomento". Con calma, sempre guardando i due, rimasti inchiodati alle sedie di finto midollino, prese il telefono e rispose con voce angelica "Siii. Ciao papi tutto bene. Credo si sia risolto tutto. Sai avevi ragione tu, l'importante è stare calmi e cercare di capire come stanno le cose. Tranquillo allora, ci vediamo questa sera e ti racconto". Interruppe la telefonata mentre sentiva ancora le parole del padre che le dicevano "stai attenta...".

Poi riprese il discorso come se nulla fosse "Quindi, Signori miei, dove eravamo rimasti? Pensavate forse di avere a che fare con la solita stupida dal bel culo, insicura e ancora attaccata alle borse di papà?" aspirò profondamente dalla sigaretta che si era accesa con gusto e aggiunse "Sì, è vero sono emotiva e voi lo sapevate bene. Quanto mi hai studiato caro Aldo prima di scegliermi come eventuale capro espiatorio? Pensavi che qui io oggi avessi un crollo, non è vero? È questo che vi aspettavate tutti e due e in cui forse speravate? Così sarebbe stato semplice dire che in un momento di squilibrio mentale potevo aver commesso anche un gesto di follia nei confronti di un povero ragazzo che magari aveva scoperto qualche mia mancanza lavorativa? Fece una pausa, scrollò la testa e sentì il collo irrigidirsi, poi aggiunse "...eravate pronti a tirare fuori la mia storia? I miei momenti di esaurimento e depressione hanno fatto ricadere la scelta su di me e pensavate pure di potermi manipolare o addirittura ricattare, non è così?" Aldo e Sergio fissavano Costanza che a quel punto era pronta a combattere verbalmente fino in fondo. Aldo si schiarì la voce e spezzò quel momento di silenzio: "Costanza, non fare troppo la figa emancipata. Non ti si addice proprio. Minimo avrai il telefono tempestato di messaggi dei tuoi e della tua banda di amici froci, di cui mi hai parlato fin dai primi giorni che ci siamo visti al Campus. Sei una debole bisognosa di mille conferme." Costanza sentì un colpo alla bocca dello stomaco e capì che quell'uomo voleva ferirla e metterla in difficoltà e purtroppo ci stava riuscendo. Il professore, infatti, continuò con tono ancora più aspro. "In questa storia ci sei già dentro fino al collo e questo Sergio te l'ha già detto chiaro. Purtroppo qui si tratta di capire se vuoi giocare con noi o contro di noi." Si scostò un momento il colletto della camicia infilandoci un dito dentro per far prendere un po' di refrigerio al collo e aggiunse "Una cosa la devi aver chiara prima di porti in questa maniera spavalda che certo con me e Sergio non attacca; con l'omicidio del ragazzo noi non c'entriamo nulla. Anzi, la morte di Davide per noi è stata una vera e propria rogna perché le cose stavano procedendo in maniera perfetta ed eravamo riusciti a portare a casa dei bei risultati. A questo progetto ci stiamo lavorando da almeno tre anni, bella mia. Ho fatto di tutto per entrare nel comitato etico che doveva approvare gli studi del Protoncogen e dopo aver capito che mi sarebbe servito qualcuno che oliasse certe pratiche, mi sono imbattuto in Sergio che era già noto per delle "cosette" che aveva sistemato per noi a fronte di qualche favore.

Queste cose in Italia capitano ogni giorno e per ogni cosa Costanza, dipende dalla propria etica e non, come dico nel mio saggio che tu hai visto proprio nella libreria di Sergio, da un'etica superiore e universale. Ormai nella nostra società anche l'omicidio segue l'etica del singolo individuo. Non abbiamo più una morale comune e se si è legittimati a uccidere perché non si può essere legittimati ad agevolare degli studi di un farmaco che potrebbe salvare delle vite senza che l'azienda farmaceutica che lo produce debba avere degli ostacoli stupidi che implicano perdite assurde di tempo e di soldi? Noi abbiamo solo "agevolato la ricerca". L'omicidio di Davide è stato una rogna che sta facendo saltare il culo a parecchi e sta facendo perdere un sacco di soldi alla Fitolison, che ci tiene molto che il caso venga risolto senza che venga fuori 'sta storia."

Il discorso di Aldo non faceva una piega e Costanza di discorsi simili ne aveva sentiti tantissimi in tutti quegli anni. Si trattava di semplici interessi economici e tutto era giustificato alla luce del dio denaro.

Costanza non si sentì di continuare a reggere la parte di quella che voleva entrare nell'affare e che riteneva l'omicidio di Davide una "scocciatura", capitata per rompere i coglioni, visto che troppi interessi economici potevano saltare, se non addirittura venire a galla, trascinando nella merda tanti culi importanti.

Un guizzo negli occhi di Aldo la fece trasalire e, senza sapere come, disse "OK ci sto, cosa devo fare?".

Capitolo 28

Sergio guardò l'orologio, poi fece un sorriso con i suoi bellissimi denti bianchi e si rivolse a Costanza "Ora ce ne andiamo e tu dolce Costanza te ne torni a casa da papà". Aldo emise un suono con il naso come se stesse per fare una risata e finì la frase di Sergio dicendo "a meno che tu non voglia venire a casa da me e risolvermi finalmente il fastidioso problema di dovermi masturbare guardando le tue foto proiettate sul muro".

Costanza si trattenne dallo scaraventargli addosso tutto il tavolino di finto midollino; sapeva che doveva 'tener botta'. Sarebbe bastata una parola sbagliata ed una reazione fuori luogo e quei due l'avrebbero messa nelle peggiori condizioni possibili. Erano peggio di due delinquenti senza scrupoli. Inspirò profondamente e disse "No Aldo grazie, magari facciamo la prossima volta. Adesso me ne vado a casa come mi ha suggerito Sergio. Intanto pensiamo bene tutti e tre come accordarci su questa storia." Spostò lo sguardo su Sergio e aggiunse "immagino che tu riuscirai a far ricadere le colpe su qualcun altro, giusto?"

Non ci fu nessuna reazione da parte dei due uomini, che rimasero seduti, mentre lei si alzava facendo scivolare indietro la poltroncina di finto midollino. Costanza si sentì quasi mancare, aveva la nausea e la testa che le pulsava; tutta quella cazzo di tensione, il caldo e forse era pure la fase premestruale, pensò, mentre con molta eleganza si congedava dai due uomini e cercava con gli occhi il cameriere per chiedere di indicarle il bagno. Quando entrò nel locale per scendere le scale ed andare nei bagni si sentì leggermente meglio perché l'aria condizionata dell'interno le diede un po' di refrigerio. Senza pensare scese ben tre rampe di scale ripidissime e si trovò in un localino angusto che sapeva di piscio e detersivo e capì per l'ennesima volta che i bar ed i locali di Milano erano proprio come i suoi abitanti. Pura immagine. Tanto più messi bene all'esterno e tanto più sporchi e squallidi nell'intimo. "Che schifo". Disse ad alta voce guardando quei cessi e pensando ai due uomini che poco prima avevano rivelato la loro vera natura. Tanto belli e puliti all'esterno e tanto lerci e corrotti nell'animo. "Devo leggere quel cazzo di saggio sull'etica di un omicidio. Sarà talmente bravo a scrivere quel porco di un professore che gira e rigira sarà riuscito a giustificare anche l'omicidio se perpetrato secondo un'etica soggettiva. Mavvaffanculo!"

Contrariamente a quello che anche lei si era immaginata quell'incontro le procurò una tale rabbia che, mentre era appoggiata al lavandino da nani di quel cesso, dopo essersi lavata le mani e rinfrescata leggermente la faccia, si guardò nello specchio posto sopra il lavabo e pensò "Cristo che faccia, sembro Zalamort. Vabbè sarà il neon; adesso devo pensare solo a come venirne fuori da 'sta storia. Al momento i due porci pensano che sia d'accordo con loro e che ci voglia guadagnare anch'io e giusto gli preme che la faccenda non vada in pasto ai giornalisti o che comunque l'opinione pubblica venga sviata dall'idea che ci sia un collegamento fra la morte di Davide e gli esperimenti su un farmaco importante come il Protoncogen. Ci penso io a sistemare quei due pezzi di merda. Ma devo stare attenta e fargli credere di essere dalla loro parte. Del resto a loro importa solamente che non venga fuori la storia di Fitolison, del farmaco e del loro giro di mazzette. Pensa Costanza, pensa".

***

Uscì dal locale con aria schifata e vide che i due uomini erano ancora al tavolo a parlare, ma lei non si degnò quasi di guardarli, fece giusto un cenno con la mano senza vedere se i due si erano accorti di lei. Chi si accorse di lei invece erano i camerieri del locale che per guardarla e salutarla si erano messi sulla porta per vedere il suo passaggio e Costanza non poté fare a meno di concedere un sorriso a quei tre ragazzi sconvolti dal caldo e poco puliti, ma che emanavano una grande sincerità in quel gesto. Avevano visto una bella donna e a loro bastava un saluto e magari poter sentire il profumo al suo passaggio. Quella semplicità commosse Costanza che quasi scappò via, ripercorrendo la strada che l'avrebbe portata alla metropolitana. Poi si accorse che in Piazza Missori c'era la stazione dei taxi. Affrettò il passo ed arrivò al primo della fila, si infilò in quell'auto bianca che sapeva di arbre magique e per un momento si sentì in pace. Soprattutto quando all'autista del taxi disse "via Grioli 14, grazie. Ha presente dov'è?" Costanza vide il profilo dell'uomo alla guida e udì che le stava già spiegando tutta la strada che avrebbe fatto dal centro per raggiungere la parte periferica di nord est della città. In realtà non seguì quelle parole; cercò solo di riprendere il filo di quello che le era capitato quella mattina. La cosa che non era riuscita a capire in tutto il discorso di Sergio e di quell'altro beota del suo compare era se l'aggressione della mattina a casa sua era stata opera dei loro cervelli bacati oppure era indirizzata a lei per sottrarle la lettera anonima. Ma se i due vermi non c'entravano; chi era stato a mandarle la lettera e poi chi aveva fatto quell'incursione maldestra a casa sua per riprendersela?"

In quella storia c'erano ancora dei punti oscuri, ma quello che le premeva di più in quel momento era andare a casa a vedere come stavano i suoi. Magari parlare con suo padre l'avrebbe aiutata a mettere insieme dei pezzi di quel rebus, anche se suo padre era un po' troppo provato ormai e forse l'avrebbe messa in confusione ancora di più. Intanto scrisse un paio di messaggi per tranquillizzare le persone che l'avevano cercata. Mentre rispondeva ai messaggi, vide la busta di una mail sul display. "Possibile? La mail che ho su questo cellulare non la sa praticamente nessuno. Forse è la solita pubblicità del cazzo. Ora controllo" Alzò un momento lo sguardo per guardare fuori dal finestrino e vide che erano già arrivati in Piazza della Repubblica e l'orologio della farmacia lampeggiava le 16.45. Le venne in mente che le tre colleghe erano ancora in ufficio a spettegolare e a far finta di sbrigare quelle quattro minchiate che per farle ce ne bastava una in gamba e con la voglia di fare. "Meglio se non le chiamo e mi presento domani fresca come una rosa. Giusto per farle rodere ancora di più. Poverine, chissà come le sta massacrando la Lo Savio." Si disse mentre cercava di aprire la mail che si era incantata.

Il mittente della mail era sconosciuto e quindi pensò fosse la solita posta spam. Ma "l'oggetto" la incuriosì "Ci vuole Costanza…" quelle tre parole le gelarono il sangue. Il taxi frenò e sentì imprecare il taxista che per poco non investiva un pedone all'altezza di Melchiorre Gioia.

"Oh cazzo!" esclamò e il taxista pensando che ce l'avesse con lui, si scusò per la brusca frenata. Ma Costanza ormai aveva il cuore in gola e non riusciva neppure ad aprire il testo della mail.

Capitolo 29

Si fece coraggio e l'aprì. Il testo era di sole tre righe e
questa volta scritto tutto con un solo carattere. "Ci vuole Costanza per andare oltre le cose. Chi riesce ad andare oltre ciò che appare l'amore negato può ritrovare.
Colei che cerca trova, ma troverà la morte o la pace nel
suo giovane cuore?" "Oh cazzo" esclamò lei ancora più
forte di prima; il tassista la guardò stralunato dallo specchietto retrovisore per capire se la donna aveva detto a
lui oppure si era caricato una delle solite matte milanesi che sbraitano da sole al cellulare. "Scusi non dicevo a
lei. Abbia pazienza, sono un po' agitata." Costanza si rese
conto che stava facendo una confidenza a un uomo di cui
vedeva solo il profilo destro e d'un tratto capì quale era
stato il suo enorme errore finora. "Ecco qual è il problema in questa storia: come in tutta la mia vita mi sono subito fidata del primo stronzo che mi si presenta davanti."
Costanza ebbe quei pensieri mentre il taxi stava girando
nella sua via e già si sentì meglio. "Ecco accosti lì, il 14 è
quel palazzo con la cancellata grigia. Ha il resto di 50 eu-
ro?" si apprestò a prendere il portafoglio mentre l'uomo
si fermò e girandosi verso di lei la guardò con un sorriso
fraterno. "Stia tranquilla Signorina, vedrà che andrà tutto
bene. Una bella donna come lei si merita solo di essere
servita e riverita come una principessa. Ecco a lei i 30 eu-
ro di resto. Le faccio lo sconto perché alle belle donne come lei le accompagnerei anche gratis. Purtroppo non posso." L'uomo fece un gesto riferito al taxi e Costanza sorrise, senza aggiungere altro se non un semplice "Grazie,
questa è la cosa più carina che mi è stata detta oggi e mi
scusi ancora se prima ho usato un linguaggio poco da

'signora', ma come le ho detto sono dei giorni molto complicati". Con quelle parole uscì dall'abitacolo e sentì l'uomo che borbottava qualcosa su come potesse capitare a chiunque di avere delle giornate storte. Costanza era già andata oltre verso il cancello e si voltò a porgere un saluto all'uomo con la mano destra, mentre con l'altra cercava le chiavi di casa dei suoi.

I suoi erano, come al solito, a casa e non si accorsero nemmeno che Costanza aveva aperto la porta. I due anziani erano seduti su dei piccoli divani in una piccola stanza, dove guardavano la televisione. Quella casa, quell'atmosfera così calda facevano di lei una donna diversa, la facevano sentire al sicuro. Spesso si era chiesta come sarebbe potuta essere la sua vita se le avessero tolto la possibilità di ricaricarsi in quel luogo. Costanza era consapevole che prima o poi le cose sarebbero cambiate, i suoi non sarebbero vissuti in eterno, ma le piaceva poterlo credere e spesso sentiva il bisogno di riavvolgersi in quel ventre caldo che la faceva stare bene. Con la Dottoressa Landi, la sua psicologa, l'aveva analizzato più volte questo suo bisogno di rientrare nel grembo materno e di non essersi mai staccata veramente dalla famiglia di origine, cosa che le aveva causato probabilmente parecchie difficoltà nel crearsene una tutta sua. Ma alla fine di tutto il percorso con la dottoressa erano entrambe arrivate alla conclusione che Costanza doveva accettare questa sua parte così ancora legata alle figure genitoriali e che probabilmente sarebbe maturata negli anni con tempi diversi rispetto ad altri. Del resto, chi aveva stabilito come e quando uno diventa adulto? Chi ha il diritto di dettare regole sui bisogni degli altri? Il malessere derivato dal rapporto ancora così profondo con le figure genitoriali le era stato creato perché in realtà il mondo, la società, gli altri lo avevano definito malato o a volte con un termine devastante come "morboso"; in realtà quel malessere non esisteva, era frutto delle proiezioni di altri. A Costanza quella roba lì la faceva star bene e questo era fondamentale. La dottoressa un giorno le chiese "Ma scusi, a lei che problema dà il fatto di essere ancora così legata ai suoi genitori?" e Costanza rispose con un semplice "Nessun problema!" e la conseguenza fu una rivelazione "E quindi? Che cosa viene a fare qui da me?" Quelle poche parole decretarono la fine di tutte le sue ansie. La vera chiave per superare tutte le angosce, i disagi e pure le paure fu l'"accettare" le cose per quelle che erano. Da quel giorno accettò di essere una donna fragile col bisogno di confrontarsi ancora con suo padre e di discutere ancora con sua madre e da allora non ci fu più nessun dolore e, per quanto le persone potessero ferirla sull'argomento, lei era impassibile. Era fatta così e nessuno poteva dirle come e quando smettere di essere la piccola Coco.

"Ehi là? Come va? Sono io!" Costanza posò le sue cose nella cameretta di quando era ragazza e andò a parlare con i genitori in quella stanza che sapeva di pulito e di antiche tenerezze. All'inizio non capì se i due stavano dormendo o erano concentrati sul programma televisivo del tardo pomeriggio che erano soliti seguire con grande attenzione. Poi suo padre la vide e disse "Ciao Ciccina, come sei bella. Sono contento di vederti. Io e tua madre eravamo un po' preoccupati e ci stavamo chiedendo dove fossi finita." Sua madre le rivolse un serafico "Weh, sei arrivata?". La differenza nei modi fra i due genitori le era così famigliare che le sarebbe suonato stonato un atteggiamento affettuoso di sua madre così come un tono poco affabile di suo padre. Erano semplicemente complementari. Due entità indivisibili. Quei due vecchi si odiavano e si amavano da quasi sessant'anni sempre nello stesso modo. Costanza semplicemente li ammirava, non solo perché erano i suoi genitori, ma come persone e di loro si fidava con ogni micro particella del suo essere.

"Ragazzi che storia assurda" Costanza attaccò a raccontare, senza troppi preamboli e con il suo modo anche un po' "leggero" che in famiglia conoscevano molto bene. "Mi sa che 'sta volta sono finita nel girone della merda o come dice mamma in un "cul de sac"." Sua madre, infatti, rispose "Ti ci vuole un "sac de cul" per uscirne?" I tre, nonostante la situazione, si misero a ridere forse più per smorzare la tensione che per spirito vero e proprio. "Adesso vi racconto brevemente che caspita di casino si è creato e mi dite se secondo voi devo farmi aiutare da qualcuno, ma soprattutto, se così fosse, da chi, perché qui non ho capito come muovermi e di chi fidarmi. Non vorrei fare dei passi falsi e credetemi, al pronti via a 'sto giro ho già la merda fino al collo e non so come e se ne uscirò." Suo padre intervenne con un "Ma vah, vedrai che si risolve tutto…" E sua madre replicò "Giovanni, piantala! Da quello che ho capito tua figlia è implicata in un omicidio e la cosa mi sembra abbastanza grave. Non voglio fare la tragica, ma ti ricordo che oggi hanno chiamato almeno quattro o cinque giornalisti. La Lo Savio, incazzata come un puma, e pure il Direttore Scientifico del Campus hanno telefonato, tutti cercando di Costanza; nessuno mi è sembrato volesse sapere come stava la tua piccola

Coco". Costanza percepì che il livello di preoccupazione stava salendo e decise di omettere i particolari della lettera, dell'aggressione, della discussione con i due furboni e dell'ultima mail. Insomma, capì che non era il caso di soffiare sul fuoco. Capì per la prima volta che doveva proteggere quei due vecchi genitori e che non doveva correre da loro per chiedergli di risolverle il problema. Era finita in un bel casino e purtroppo, nonostante la serenità che poteva darle il fatto di essere lì con loro in quel momento, nulla le dava il diritto di scaricare quella grossa badilata di merda su due persone che non avrebbero fatto altro che preoccuparsi ancora di più e sicuramente in quel caso non avrebbero potuto aiutarla. Per la prima volta si rese conto che era sola e che doveva cavarsi da quella rogna da sola. Infatti, fece un gran respiro e disse "Ha ragione papà. Andrà tutto bene" mentì spudoratamente ai suoi. "È una cosa che si risolverà come al solito in nulla. Sapete benissimo che l'Istituto ed il Campus vengono presi di mira. Figurati con l'incidente che è accaduto al laboratorio. Davide, il ragazzo che ci ha rimesso la pelle, ha subito un'aggressione probabilmente di un ladro o di uno squilibrato e vedrete che verrà messo tutto a tacere. I giornalisti hanno solo fame di sapere e di fare qualche scoop per quei programmi pruriginosi. Non avranno mica cercato solo me." Mentì, consapevole di mentire e di sminuire i fatti per non alimentare paure. Stranamente percepì che quelle parole servivano anche a lei, come un'auto ipnosi. Poi, come se niente fosse, rivolgendosi alla madre chiese "mi dici esattamente chi ha chiamato? Hai preso nota dei nomi, vero?".

La madre andò in cucina e prese un blocchetto dove si era appuntata nomi e numeri di chi l'aveva cercata. Costanza le stampò un bacio in fronte e disse "Mami, sei meglio di me come segretaria!" e il padre, che era rimasto seduto nella stanza della televisione, urlò "Impossibile! Tua madre è un disastro!" e poi con la sua estrema tenerezza la chiamò "Coco vieni qui a darmi un bacio."

Capitolo 30

Quando lasciò la casa dei suoi, Costanza capì che ormai il suo rapporto con gli anziani genitori era molto cambiato. Il fatto che li avesse in qualche modo tutelati, non raccontandogli gran parte della storia in cui era stata coinvolta, aveva segnato un cambio di ruolo. Ora era lei che si sarebbe presa cura di loro, anche salvaguardandoli dal punto di vista emotivo. Una storia del genere non avrebbero potuto reggerla, probabilmente si sarebbero agitati troppo, sentendosi coinvolti in prima persona, e inevitabilmente ne avrebbero sofferto.

Imboccò il portone di casa sua e vide che Rosa non c'era; tanto meglio perché le avrebbe tirato probabilmente una pippa infinita sull'avventura di quella mattina. Chissà chi era l'aggressore e perché poi avrebbe dovuto riprendere la lettera per poi rimandare una mail con gli stessi toni. Costanza ripensò alle frasi ricevute a distanza di poche ore "...ci vuole Costanza..." cosa voleva dire? ma soprattutto perché quel riferimento a Costanza? Era interpretabile come costanza nelle azioni e nei fatti. "Sicuramente ci vuole costanza in qualunque attività, sul lavoro, nello studio, nello sport, nel ricercare qualche cosa e quant'è vero iddio ci vuole costanza in amore." Ci pensò su un altro po' e si rese conto che questa volta le parole della mail contenevano una velata minaccia a lei. Nemmeno troppo velata...

Quel pensiero la portò fino alla porta di casa e, prima di entrare nel suo bell'appartamento, provò a suonare il campanello di Stefano e Antonio. Non rispose nessuno.

I suoi amici avevano degli orari strani e non ci fece caso.

Quando aprì la porta la gatta le saltò praticamente in braccio e si rese conto che era tardi; erano quasi le otto di sera e la piccola non era abituata a mangiare così tardi. L'accarezzò a lungo e le diede da mangiare, cercando di fare chiarezza nei suoi mille pensieri. C'erano ancora troppe cose che non quadravano, ma secondo il suo intuito riusciva a percepire che quel rebus era molto più semplice di quello che in realtà poteva apparire. Si ricordò di quando era piccola e con sua madre faceva proprio i rebus della settimana enigmistica, stese sul lettone al pomeriggio prima di fare il riposino. Sua madre le diceva sempre "Coco non complicare troppo la cosa: se AC è messa su un quadro e la prima lettera deve essere di 5 lettere sicuramente sarà ACQUA e il resto DRO apparterrà alla seconda parola da trovare." La spiegazione della madre sembrava banale e quando scriveva la soluzione si meravigliava di quanto fosse veramente semplice, una volta capito il meccanismo. Continuando a risolvere rebus per tutta la vita, Costanza ormai sapeva che bisognava capire esattamente quello che voleva dire il disegno, senza mai fissarsi su un'unica soluzione. Spesso, quando i rebus non le venivano, decideva di fare altro per un po', magari un bel cruciverba, ed era sicura che sarebbe arrivata l'illuminazione. Ecco, i rebus spesso li risolveva con un'illuminazione più che col ragionamento.

L'unica cosa da fare in quel momento era liberare la mente completamente, spogliarsi, farsi una doccia, mettersi comoda e cercare di capire le mosse giuste da dover attuare da quel momento in poi. "Pensa Costanza, pensa…"

La sensazione che aveva avuto fin dalla prima lettura del primo messaggio era che probabilmente a scriverlo fosse stata una donna e anche di scarsa abilità linguistica. Forse una donna innamorata di Davide? Una donna gelosa di Davide? Del resto una cosa l'aveva imparata dalla cronaca nera e dalle numerose letture di libri gialli. I tre motivi per cui si può essere portati ad uccidere sono: passione, soldi e potere.

Andando per esclusione, il potere in questo caso sembrava non entrarci perché sicuramente il ragazzo non era implicato in attività tali che potessero sovvertire o minare le strutture gerarchiche del Campus. Davide era un giovane ricercatore e forse si era trovato, suo malgrado, a studiare gli effetti di un farmaco che sicuramente avrebbe fatto arricchire parecchi personaggi ai vertici (e non solo) dell'ACCM e del Campus. Quindi, più che per il potere, le motivazioni per il suo omicidio potevano essere state di tipo economico. Però quell'aspetto Costanza poteva escluderlo, dato l'incontro avuto quella mattina stessa con quei due celenterati di Sergio e Aldo che nella catena alimentare forse erano quelli che si stavano arricchendo meno di tanti altri con gli "studi avanzati" sul Protoncogen. Probabilmente non era la prima volta che aziende come Fitolison erano sorte per volontà stessa dell'Istituto e che gli introiti dell'azienda ricadevano a pioggia su chi l'aveva fortemente appoggiata dall'interno. Forse ai ricercatori come Davide interessava solo il raggiungimento di obiettivi scientifici e lui non era sicuramente implicato in questioni economiche derivanti dagli studi del Protoncogen. Sergio in questo senso era stato molto chiaro. La morte di Davide era stata una rogna anche per loro. Quell'incidente di percorso poteva anzi mettere a rischio l'intera operazione e far saltare fuori l'intera faccenda. Quelli coinvolti nell'operazione Protoncogen non avevano interesse a eliminare Davide. Davide era una pedina nelle loro mani e gli serviva perché eseguiva gli esperimenti senza fiatare.

Costanza ripensò allo sguardo del ragazzo il giorno prima dell'incidente, quando venne a ritirare l'ultimo pacco da Houston. Il ragazzo sapeva; sapeva e ce ne avanzava il resto. Quegli occhi erano tristi perché sapeva che il suo lavoro di ricercatore serviva ad arricchire le tasche di chi la ricerca la considerava solo ed esclusivamente una fonte inesauribile di profitto. Quel ragazzo era un puro e, anche se aveva capito che il modo di fare ricerca non era il più onesto, non poteva far altro che sottostare a quelle luride regole per far sì che ci potesse essere la speranza d'imboccare l'uscita di quel labirinto inquietante e perverso, fatto di grandi guadagni per alcuni e di grande dolore per coloro che quegli esperimenti li consideravano la speranza di rimanere in vita. In quegli occhi grandi di ragazzo però c'era di più, c'era un vuoto immenso e lei aveva visto il colore dell'orrore.

Costanza ebbe un brivido lungo la schiena e cercò di seguire il flusso dei suoi pensieri. Si versò un bicchiere di vino rosso e fece scendere l'acqua calda nella vasca. Prese in mano il cellulare perché, mentre aspettava che l'acqua arrivasse bene fino ai bordi, volle rileggere la mail per capire se era possibile risalire all'indirizzo e a chi potesse avere interesse a mandarle quelle parole che le risuonavano in testa come una cantilena "…ci vuole Costanza…"

Capitolo 31

Nel suo bell'appartamento di ringhiera in zona Navigli, il Professor Comucci camminava avanti e indietro dalla sala alla penisola della cucina a vista. Il piano e i pensili erano laccati di un nero lucido che, con l'acciaio degli oggetti e le luci al led, creavano un'atmosfera in netto contrasto con il pavimento e le pareti chiarissime, fatti di quelle resine moderne, ancora più belle di qualsiasi marmo o materiale naturale. I mobili erano stati scelti con cura, di grandi designer, dal tavolo in cristallo grigio al divano di pelle nera alle lampade, selezionate per esaltare l'ambiente da ogni angolazione. I quadri alle pareti erano spettacolari, dei grandi pannelli di artisti emergenti che interrompevano l'austerità creata dal bianco e nero. Il resto della casa era ancora meglio e si capiva che c'era la mano di un architetto controcoglionato. Ogni ambiente, ogni angolo e ogni singolo oggetto erano stati scelti con cura. I libri, accatastati alle pareti dello studio e della camera da letto, erano stati messi lì appositamente per creare un caos di altissimo gusto ed eleganza.

Aldo era scalzo, con i pantaloni blu di cotone e la camicia azzurra sartoriale aperta e portata fuori con nonchalance. Era perfetto in quell'ambiente, bello, elegante e di classe, come l'appartamento, lo stabile e la zona di Milano in cui viveva dal lunedì al venerdì.

Nei week end ritornava nella sua amata provincia, dove con la moglie e i figli viveva, in una villa della fine del diciassettesimo secolo, immensa, ristrutturata e immersa nel verde dei colli piacentini. Era il classico uomo da far perdere la testa a qualunque donna di qualunque età. Quel pomeriggio era riuscito ad andarsene dal Campus ad un orario decente, perché con quello che era successo avevano disdetto parecchie riunioni e i direttori si erano dileguati per paura di essere assediati dai giornalisti e dalle televisioni, che già dalla mattina si erano appostati ai cancelli e che col passare delle ore si stavano moltiplicando. Alcuni dei team leader e molti dipendenti avevano deciso di sgattaiolare dalle uscite secondarie. Il Direttore scientifico si era fatto addirittura andare a prendere fin dentro il Campus da un autista per evitare di essere assalito. Sicuramente nei giorni successivi molte poltrone sarebbero rimaste vuote.

Lo stesso Aldo rifletté se rientrare in villa o rimanere ancora per un po' a Milano. Poi pensò a Costanza e riprese in mano il cellulare per vedere se almeno gli avesse scritto un messaggio. Niente.

***

Non capiva come mai quella donna riusciva a suscitargli i sentimenti più contrastanti. Non era solo per la sua bellezza, forse perché durante i loro brevi incontri si era dimostrata diversa da tutte le donne che conosceva? Beh, sicuramente era diversa da sua moglie. La ragazza che aveva sposato anni fa era carina, ma col tempo era diventata una donna totalmente anonima, senza carattere, senza passioni. I figli l'avevano assorbita a tal punto che lui non si era fatto scrupoli ad avere una serie di storielle per soddisfare il suo bisogno di puro sesso e soprattutto il suo bisogno di conquista. Agli occhi del mondo però la loro famiglia era esemplare e Aldo era sicuro che, nonostante alcune voci maligne, lui risultava un marito fedele ed affidabile.

Costanza però lo turbava. Da quando era arrivata al Campus non faceva altro che cercare un contatto con lei. Qualche volta c'era riuscito, ma quella donna lo bloccava. Si rendeva conto della forte attrazione sessuale che provava per lei, ma quando la incontrava non riusciva a mostrare il suo lato di seduttore. Costanza aveva per lui un fascino malinconico e il distacco dal mondo che trasmetteva con i suoi occhi verdi lo rendeva insicuro.

In quel momento, con ciò che era accaduto al Campus, si immaginò di tenerla stretta fra le braccia per rassicurarla. Chiuse gli occhi, alzò il volto verso il soffitto e respirò profondamente, nel pugno della mano destra stringeva il cellulare ed improvvisamente gli uscì dalla gola "ti sento" e immediatamente ebbe una fortissima erezione. Inarcò la schiena e tese le spalle, tenendo sempre la testa reclinata all'indietro, chiuse gli occhi e serrò i denti. Con la mano libera si slacciò pantaloni che scivolarono giù alle ginocchia, poi si prese il cazzo e se lo sentì talmente enorme che avvicinò anche l'altra mano in cui stringeva il cellulare. Allargò le gambe, piegò leggermente le ginocchia e si masturbò violentemente a due mani.

Sentiva che stava per schizzare, immaginò le sue labbra e disse ad alta voce "ti sento" e in un attimo eiaculò così forte che quasi perse l'equilibrio e si dovette accasciare sulle ginocchia, la testa completamente abbandonata sul petto. Si riprese lentamente e cercò di alzarsi da quella posizione innaturale, ma si accorse di avere le mani piene di sperma e i pantaloni che gli bloccavano le gambe. Si accasciò sul lato sinistro poi, steso supino, con il polso della mano destra cercò in qualche modo di tirarsi su i pantaloni.

Si mise seduto vicino al divano e con un gesto rabbioso sfregò le mani intrise sul cotone blu dei pantaloni. Appoggiando il gomito sul sedile del divano si alzò di scatto. Raccolse il cellulare che gli era scivolato durante quell'atto animale e, vedendo che non riportava alcun messaggio o telefonata di Costanza, lo scagliò verso la penisola della cucina.

"Ora ne ho abbastanza" disse ad alta voce. Si riallacciò i pantaloni, abbottonò in qualche modo la camicia e si avviò verso la stanza che usava come studio.

"Ne ho proprio abbastanza" ripeté, mentre, preso il telecomando, azionò il pannello scorrevole che aveva sistemato di fronte alla scrivania, si lasciò cadere sulla poltrona ergonomica di pelle e fissò a lungo le immagini che scorrevano sulla tela bianca.

Capitolo 32

L'indirizzo mail non le diceva un bel niente. Anonimo, come solo un indirizzo tipo blablabla@hotmail.com poteva essere per lei che d'informatica ne capiva zero. Probabilmente, se avesse avuto qualcuno di fidato a cui farlo analizzare, avrebbe provato a chiederglielo, ma in quel momento quello che le interessava era capire se dal contenuto del testo poteva ricollegare qualche tassello che mancava a quel rebus maledetto.

"Pensa Costanza, pensa…" e così fece, dopo essere scivolata nel caldo della vasca piena di schiuma profumata; Costanza ripensò a lungo ai personaggi che si erano avvicendati durante quei due anni al Campus. Pensò a quanta gente aveva visto circolare fra gli edifici di quella struttura che aveva l'aspetto di un piccolo college inglese, con tutti gli studenti di diverse nazionalità che si alternavano spesso e che rendevano quel posto un luogo di lavoro alternativo. I ragazzi stessi con il loro strano modo di vestirsi erano alternativi e l'atmosfera non era mai pesante, anche nei mesi più cupi quando magari passeggiando per uno dei vialetti immersi nel verde delle splendide e curate aiuole incrociavi uno strano tipo con i sandali e le calze di spugna bianche. "Ma è inverno, qualcuno glielo ha detto a 'sto tipo?" Costanza sorrideva tutte le volte che guardava quei soggetti che per loro natura dovevano essere originali. Il ricercatore aveva l'etichetta della stravaganza così come un avvocato vestiva quella della serietà. Con quanti di loro era entrata più o meno in confidenza? In quei laboratori, chiamati più precisamente cluster, lavoravano parecchie persone fra amministrativi, tecnici, biologi e personale di vario genere.

Poi ripensò alle sue colleghe e alla Lo Savio ("quella stronza!" aggiunse appena le venne in mente), ai volti di quei giovani che affollavano i corridoi degli edifici e dei giardini curatissimi del Campus. Appoggiò la testa al bordo della vasca, le scivolò di mano il cellulare e cadde in un sonno senza sogni.

Non capì quanto tempo era rimasta immersa nella vasca, ma d'un tratto si risvegliò infreddolita dall'acqua diventata quasi gelida e dal suono incessante del cellulare. Imprecò e tentò di sollevarsi, ma per poco non scivolò verso il bordo esterno dove si era appallottolata la gatta che la controllava sempre come un piccolo spettro silenzioso. "Maporcaputtana, Mimì! Ancora un po' e mi ammazzo!" Costanza si rivolse alla gatta come se fosse stata lei a creare tutto quel danno. In realtà parlava spesso con la sua splendida gatta che ormai era diventata il suo vero e proprio alter ego. Il cellulare aveva smesso di squillare, ma lei si era precipitata fuori dalla vasca prendendo l'accappatoio e infilandosi quelle orrende ciabatte di spugna che non riusciva mai a buttare. Sbuffando e facendo versi, si riprese da quel risveglio da incubo e si sedette quasi stremata sulla tavoletta del water. Prima di prendere in mano il cellulare cercò di capire se non le stava venendo un mancamento, perché forse era uscita troppo rapidamente dall'acqua e spesso le capitava di avere dei forti cali di pressione con quei cambi repentini di posizione. "Che idea del cazzo fare il bagno caldo a luglio" pensò mentre faceva scorrere le dita ancora umide e ricce sullo schermo del cellulare. C'erano parecchie telefonate e due messaggi. Per un istante ebbe la netta sensazione che durante quello strano sonno avesse colto un particolare che fino a quel momento le era sfuggito, infatti rimase immobile lì seduta nel suo bagno, con la gatta che la fissava dal bordo del bidet, per cercare di riacchiappare quell'immagine. "Sì, ma certo!" urlò quasi, facendo spaventare la gatta che schizzò via verso la camera da letto. "Ho capito chi è stato!" Costanza si capottò quasi inciampando nel tappetino del bagno con quelle ciabattone di spugna e imprecò forte, poi coi soliti passettini piccoli e velocissimi andò in guardaroba a mettersi velocemente qualche cosa addosso. Poi si fermò di colpo "ma che ore erano?" si disse; ancora qualche passettino e riprese in mano il cellulare per guardare l'ora, visto che si era tolta il Rolex per non rovinare il cinturino di pelle di coccodrillo blu prima di entrare in vasca. "Porca puttana, già le 10!" ad ogni sua esclamazione la gatta schizzava via come un furetto, emettendo dei suoni che Costanza interpretava spesso come delle vere e proprie risposte. Infatti aggiunse, sempre ad alta voce come se si stesse rivolgendo a lei, "Eh sì Mimi, sono le 10, mi sono addormentata come una stupida. Ma ora so cosa potrebbe essere successo quella sera a Davide. Devo richiamare Sergio" e aggiunse con una sorta di eccitazione "Mimi vieni qui. La tua mamma è un genio!"

In quello stesso istante sentì qualcuno entrare nel suo appartamento e si bloccò come una preda, "Chi è? Stè sei tu?" non ci fu risposta ma sentì solo i passi pesanti di un uomo che stava rovistando nel cesto delle riviste che teneva appena vicino all'entrata della cucina.

Costanza cercò di ricordare se per caso non avesse chiuso la porta quando era entrata e le si gelò il sangue ripensando alle parole della mail e soprattutto al fatto che ogni tanto le capitava non solo di non chiudere, ma di lasciare proprio le chiavi fuori dalla porta.

"Tata bella sono io" rispose con una cantilena Stefano, che aveva l'abitudine di entrare in casa di Costanza senza suonare e con le chiavi che lei aveva lasciato alla coppia per qualsiasi necessità.

"Stefano, mi hai fatto venire un colpo, sono di qua. Mi sto vestendo," si sentì sollevata nel sentire la voce del suo amico, ma nello stesso tempo fu infastidita dall'abitudine che si era preso di entrare senza prima accertarsi della situazione. Non ci aveva mai fatto caso ed il fatto che Stefano andasse e venisse da casa sua come se l'appartamento fosse un prolungamento del loro a Costanza era sempre piaciuto; anzi spesso Stefano le faceva trovare dei mazzi di fiori freschi ed il frigorifero pieno di yogurt biologici.

Quella volta però ebbe un moto di nervoso e gli disse "Stefano cristo però una volta tanto potresti anche accertarti se sono in casa con qualcuno o magari a letto con qualcuno." Mentre le diceva quelle cose si mise un paio di jeans, una maglia di uno dei suoi ex fidanzati con le maniche lunghe e delle infradito hawaianas bianche. Poi si tirò su i capelli con un gesto familiare, avvolgendo in due giri di elastico tutta la massa in una specie di chignon raffazzonato, che risultò a suo modo perfetto.

Stefano dalla cucina urlò "Bella mia, se tu fossi in casa a scopare con un uomo ti sentiremmo dal nostro appartamento. Urleresti come una gatta in calore e stai tranquilla che io e Anto non verremmo certo a romperti le palle. Comunque vieni qui e fatti vedere, sei nervosa?"

Le parole dell'amico la fecero tornare per un momento ad uno stato di normalità e le venne da sorridere, così si spruzzò un po' di profumo ripassando dal bagno e si affacciò alla porta della cucina dicendo "Sei un cretino. Ti amo Stefano, ma sei un cretino!" poi lo abbracciò forte e lui capì che Costanza stava tremando. "Ehi Tata cosa ti è successo?" le chiese sfregandole le mani sulle braccia. Costanza si staccò, si sedette al tavolo della cucina e gli fece il riassunto di quello che era successo dalla mattina, spiegandogli quasi tutti i dettagli, dall'aggressione all'incontro con i due in centro e per finire alla mail anonima che riprendeva le parole della lettera sparita che loro avevano letto la sera prima. "Spiegami con calma" disse l'uomo "questa mail ce l'hai adesso o è sparita anche questa?". Costanza guardò oltre la spalla di Stefano per vedere dove era finita la gatta e poi sbuffando gli rispose "No, non è sparita. Almeno spero. Ora prendo il telefono che ho lasciato di là e te la faccio leggere. Comunque Stè, credo di aver capito cosa è successo l'altra sera al Campus, ma ho bisogno di accertarmi di due cose e l'unico che può aiutarmi è quel figlio di puttana del Commissario Laurenti".

"Chi, il bel corrotto dagli occhi di velluto?" disse l'amico nel suo solito tono sarcastico. "Stè piantala! L'unica cosa che posso fare per tirarmi fuori da questo guaio è far venire allo scoperto l'autore dell'aggressione a Davide. Credo di aver visto qualche cosa l'altra mattina, mentre ero con Vito alla reception, e non so se i monitor registrano le immagini o meno e se le registrano devo capire se l'altra mattina hanno ripreso il parcheggio interno dove solitamente il Professor Comucci lascia il suo scooter."

"Altro buono quello!" esclamò Stefano, portando la gamba sinistra sulla destra nel suo gesto tipicamente femminile di incrociare le gambe per attirare l'attenzione, e aggiunse tutto d'un fiato "Tata bella, non metterti in casini peggiori di quelli in cui già non ti sei cacciata con 'sti due furboni. Se fossi stata al tuo posto, non ti saresti fatta coinvolgere nella storia del Protoncogen o come diavolo si chiama. Saresti andata dritta a denunciare quei due porci. Che diavolo ti sei messa in mente?" Costanza lo interruppe, picchiando leggermente la mano sul tavolo "No caro mio, ti sbagli. Io non mi sono messa in mente nulla di sconvolgente. Voglio solo capire cosa è successo a Davide e perché io sono stata coinvolta. Poi che quei due deficienti o non so quali altri personaggi ambigui abbiano interessi economici nella sperimentazione del Protoncogen e che il Protoncogen sia prodotto da 'sta cazzo di Fitolison a me non me ne può fregare di meno. Ti rendi conto che se non avessi retto il loro gioco con Sergio, che ti ricordo essere il Commissario Capo della Polizia, mi avrebbe potuto implicare peggio di quanto non lo sia già in 'sta vicenda del cazzo?" Stefano la stava fissando con gli occhi sbarrati e le rispose seraficamente. "Ok hai già detto troppe volte "cazzo", sei in ansia. Ho capito che tanto farai come dici tu, ma mi vuoi far leggere almeno la mail? Hai idea almeno di chi te l'ha mandata o pensi di risolvere il caso alla Poirot, mettendo tutti i sospettati attorno al divano di casa per far saltare i nervi al colpevole inanellando un indizio dietro l'altro?" Costanza scoppiò a ridere e disse "sei un cretino! Con te non si può mai essere seri. Non ci devo più parlare da sola con te, devo accertarmi che ci sia Antonio quando racconto fatti così importanti, perché tu fai sembrare le cose come se fossero uscite da un film di Natale. Dai vado a prendere il cellulare." I due si misero a ridere fragorosamente, dicendo ancora delle frasi sconclusionate sui baffi di Poirot e sul fatto che Costanza non aveva l'aspetto di nessuno dei personaggi tipici delle storie gialle più famose e che quindi, se mai si fosse messa in testa di scrivere un romanzo su quella storia, doveva minimo farsi crescere due o tre peli sul mento.

Mentre scherzavano, in quella loro maniera così confidenziale, sul cellulare comparve il nome di Sergio. Lei mostrò lo schermo a Stefano e gli fece cenno di non parlare.

Poi rispose semplicemente "Pronto, ciao dimmi cosa hai scoperto?" e con la coda dell'occhio vide Stefano che faceva dei gesti appoggiando i due indici delle mani uno all'altro come a dire che ormai lei era pappa e ciccia con un Commissario di dubbia reputazione.

Capitolo 33

Costanza lasciò la cucina dove c'era il suo amico Stefano che continuava a fare gesti e smorfie e si spostò in camera da letto per parlare senza rischiare di ridere inconsultamente durante una telefonata così importante. Quindi chiese a Sergio di controllare bene i referti dell'anatomopatologo e di verificare i rapporti dei RIS su quel materiale che era stato rilevato sia sul corpo di Davide, sia sulla scena del delitto. Sergio sembrava inebetito al telefono e Costanza invece un fiume in piena. Interruppe infine la telefonata senza alcun tipo di esitazione "Non me ne frega un cazzo dei vostri intrallazzi economici. Sono sicura che riuscirai ad accordarti con i vertici dell'AMOO-CRC perché non venga fuori nulla sulla storia del Protoncogen, ma chi ha ucciso Davide deve pagare e tu mi devi aiutare a farlo venire allo scoperto. Sono stata chiara?" Il laconico "Sì ok" di Sergio concluse la comunicazione.

Tornata in cucina si mise le mani sui fianchi e disse "ma Stè, ti rendi conto o no che stavo parlando col Commissario Capo della Polizia di Milano? Possibile che per te diventa tutto un gioco? Come fa a sopportarti Antonio, quando fai così? Fai diventare anche la faccenda più seria una cazzata! Sei insopportabile."

L'amico sorrise e fece spallucce, poi disse "Bella mia, lo sai che faccio così perché altrimenti mi vai in ansia." Poi prendendola fra le braccia come per voler ballare, aggiunse "Dove pensi di portarmi questa sera? Antonio farà tardi in studio. Vogliamo trasformarci in perfetti Sherlock e

Watson? Cosa ti ha detto quel gran bell'uomo di dubbia fede con cui stavi parlando al telefono in gran segreto?"

Costanza lo guardò piegando leggermente il capo verso destra e poi disse "Sì Stè, pensandoci bene andrei proprio a fare due passi. Ti va di accompagnarmi al Campus? Però devo prima chiamare Federica, perché questa volta ho proprio bisogno anche di lei. Per quanto tu sia una gran bella fighetta ho proprio bisogno di una donna in questo momento e di una donna che non è conosciuta al Campus."

L'amico sorrise e le disse "Ah vedi, vedi? ti ho capita mascherina! Vuoi giocare all'investigatrice. Che figata, ma devo andarmi a vestire tutto di nero? Lo sai che il nero non mi dona e mi smagrisce troppo." Stefano indossava la sua maglietta preferita con la figura di due uomini stilizzati che eseguivano tutte le figure del kamasutra.

"Piantala e muoviti" rispose secca Costanza "vatti a mettere una roba decente invece di quella maglia improponibile e manda un messaggio ad Antonio o chiamalo e spiegagli che staremo fuori almeno un paio d'ore e di non preoccuparsi; sai come è fatto e se non ci trova in casa al rientro diventa matto. Io intanto chiamo Federica, sperando che voglia farmi questo favore." Costanza sapeva che Federica era una donna speciale, ma quando si trattava di uscire dopo una certa ora era peggio di lei. "Sarà già a letto" pensò, ma a 'sto giro la tiro fuori, fosse l'ultima cosa che deve fare.

Federica non rispondeva quasi mai al cellulare e Costanza le inviò prima un messaggio con scritto "Rispondi!", poi compose il numero e aspettò. Alla prima telefonata scattò la segreteria telefonica. "Mmmmmm giuro che un giorno la strozzo!" disse ad alta voce Costanza, che si spaventò quando le squillò fra le mani il cellulare. Era Federica. "Ehi allora? Dove sei sparita? Oggi ti ho cercato un milione di volte. Mi stavo quasi preoccupando. Hai visto i telegiornali? Continuano a mandare l'intervista di quella faccia da culo del tuo Professore. Ma dove sei?" Federica era semplicemente mitica e quel suo modo poco femminile di parlare la rendeva una donna speciale. Una donna che come Costanza aveva percorso sentieri infiniti prima di raggiungere la consapevolezza del suo valore e che come Costanza non temeva più di essere giudicata. Forse il tratto che le accomunava sempre di più era il tremendo giudizio che entrambe avevano di loro stesse. Il tempo e il continuo confronto della loro personalità le aveva molto unite; erano due donne dal carattere talmente fragile da sembrare due guerriere e agli occhi della gente probabilmente due grandi stronze.

"Fede mi devi aiutare!" Costanza si rese conto che in quasi vent'anni di amicizia non aveva mai detto una frase del genere all'amica e se ci pensava bene quelle parole non le appartenevano proprio. Piuttosto di chiedere aiuto si sarebbe fatta tagliare una gamba. Infatti l'amica, sentendola esordire a quel modo, stava già per sghignazzare, ricreando lo stesso clima di poco prima da teatro dell'assurdo "Non ti mettere a ridere Fede che mi fai incazzare pure tu come Stefano. Cerca di essere seria almeno tu. Cazzo, mi rendo conto che solitamente la nostra vita è fatta di emerite minchiate ma a 'sto giro sono finita nella merda e se non siete in grado di fare le persone serie ditemelo subito". A Costanza stava per venire il magone e per un attimo pensò di non fare più nulla, poi, sentendo il silenzio dall'altra parte, disse "Scusa Fede, mi sta salendo l'ansia. Dimmi solo che ti posso venire a prendere con Stè fra una decina di minuti. Dovresti controllare una cosa per me al Campus. Quando ci vediamo ti spiego meglio perché preferisco non parlare al telefono." Realizzò infatti che poteva essere già stata messa sotto intercettazione, sia ambientale che telefonica. Ripensò per un attimo a cosa aveva detto fino a quel momento, ma la voce di Federica la distolse da quel pensiero vagante "Tata, ma sei sicura di star bene? Non è che questa storia ti ha scossa esageratamente e stai montando un casino inutile? Scusa ma non ti conviene stare ad aspettare il corso delle indagini? Secondo me si sistema tutto senza troppe storie. Non vorrei che ti andassi a cacciare nei casini senza motivo." L'amica ovviamente si preoccupava per Costanza che non aveva mai sentito così agitata rispetto agli altri eventi della sua vita che, quand'anche gravi, aveva sempre gestito con una certa razionalità e calma. "Fede, non sai le cose, se mi agito c'è un motivo. Mi vuoi aiutare cazzo o no? Fidati, quando ci vediamo ti spiego bene quello che mi sta succedendo. Altrimenti ti metto insieme a Stefano e ve ne andate a bere qualche cosa al bar e la faccenda vedo di sbrigarmela da sola". Effettivamente si rese conto che si stava agitando e per la seconda volta dovette aggiungere "Cristo, scusa Fede, hai ragione sul fatto che mi sta salendo l'ansia, hai perfettamente ragione. Però fidati che questa volta non è la mia solita ansia da avvitamento, qui rischio di andare nei casini forti se non mi muovo prima che tutta la storia venga fuori sui giornali e venga data in pasto in maniera distorta ai giornalisti di quei programmi assurdi che guardate tu e mia madre." La risposta dell'amica questa volta la fece quasi sorridere perché capì che aveva colto la gravità della cosa "Vuoi dire che finiamo tutti su "L'Indagine"? Figata! Muoviti a venirmi a prendere allora, nel frattempo mi do una mano di trucco". Federica era una grande amica e prima di chiudere la telefonata aggiunse "stai tranquilla Tata, farò tutto quello che vuoi e andrà tutto bene. Vi aspetto."

Capitolo 34

Costanza e Stefano s'infilarono nella piccola Smart esattamente alle 22.30. Anche a quell'ora faceva un gran caldo e il chiarore della luna rendeva quella sera surreale. Stefano guardò la sua amata amica e disse "Riesci sempre ad essere di una bellezza strabiliante." Lei si diede un'occhiata rapida nello specchietto retrovisore e gli rispose "Se non ti conoscessi, penserei che sei ubriaco. Non dire fesserie e aiutami a ricapitolare bene i fatti mentre andiamo a prendere Federica". Stefano si era messo un paio di pantaloni di cotone leggeri e una camicia azzurro chiaro che gli donava molto e vedendo il viso un po' deluso dell'amico Costanza lo guardò con la coda dell'occhio e disse "Certo che anche tu sei un bel figo questa sera. Se non dovessimo andare a smascherare il colpevole di un omicidio ti porterei al Frida per farci un bel cocktail e magari per adocchiare due gustosi maschioni."

Stefano rise di gusto e prese dalla cartella in eco pelle da cui non si separava mai un quaderno con una matita nera lunga, sicuramente fatti di materiale riciclato, ed esortò Costanza con un "Io sono pronto!" e così lei cominciò a dettare ad alta voce punto per punto come se stesse facendo una lista di eventi. "Allora, scrivi! 9 luglio (due punti) ore 22 scoperta da parte della donna delle pulizie dell'aggressione di Davide Lanza. (punto) Ore 4.00 del mattino Davide muore per il colpo inferto vicino all'arteria giugulare che non ha retto nonostante i soccorsi. Apri parentesi (arma del delitto sconosciuta) Chiusa parentesi. Scrivi a lettere cubitali (due punti) OMICIDIO.

10 luglio: (due punti) scoperta del biglietto col mio nome nella mano destra di Davide. Chiesta analisi a Sergio del biglietto che presenta segni evidenti, apri parentesi (tipo sbaffi) chiudi parentesi, di vernice scura.

10 luglio (due punti)." Stefano la interruppe dicendo "Bella mia, non c'è bisogno che mi dica anche punto, due punti, punto a capo, apri e chiudi parentesi; sembriamo Totò e Peppino. Due coglioni..." Costanza non fece una piega e continuò rispondendo "Piantala cretino, che mi distrai. Allora...

10 luglio: scompare la pagina dal registro che in segreteria serve a capire i movimenti del materiale di ricerca. Qui mettici un punto di domanda, perché secondo me è una cazzata fatta da qualcuno per coprire i traffici riguardanti gli studi sul Protoncogen.

10 luglio: ore 18.00 circa io ritiro assieme alla posta la lettera anonima che mi viene sottratta il giorno dopo. La busta della lettera presentava baffi di vernice scura e l'odore che m'infastidiva era quello di un miscuglio di lercio e di profumo di vecchia colonia da donna. Scrivi solo l'incipit della lettera 'Ci vuole Costanza...'"

Per ogni punto Stefano sgranava sempre di più gli occhi e Costanza lo osservava e capì che il suo amico stava ricostruendo sotto i suoi occhi i pezzi del puzzle. "Mi segui, Stefano? Capisci che ci sono due scenari in questo quadro? Uno che riguarda le fogne economiche/di potere dell'AMOO-CRC con la Fitolison e 'sti cavolo di esperimenti sul Protoncogen e poi invece un quadro, a parer mio più agghiacciante, che riguarda la morte di Davide dove qualcuno ha voluto fortemente infilarmici in mezzo. Comunque andiamo avanti perché tra pochi minuti arriviamo sotto casa di Federica e quella sarà già giù che ci aspetta e dobbiamo capire da adesso in poi di non fare errori e di far quadrare il cerchio. 11 luglio: ore 7.30 circa aggressione e sottrazione della suddetta lettera anonima. L'aggressore aveva lo stesso odore di stantio coperto da deodoranti da donna. Costanza si fermò al semaforo e guardò fisso Stefano che fissava ancora il suo quaderno marroncino "Rosamaria Lo Savio era sicuramente sulla scena del delitto. Non so ancora se è stata lei materialmente che ha ferito a morte Davide. Ma sono certa che in questa storia la stronza è coinvolta e Sergio, nonostante sia un corrotto figlio di puttana, sta per raggiungerci al Campus per cercare di venirne a capo." La Smart ripartì di scatto quasi sgommando sull'asfalto caldo e Stefano sussultò di botto "Cazzo Costanza! Stai attenta." Non aggiunse altro su quanto detto fino a quel momento da Costanza che proseguì imperterrita. "Sto attenta, sto attenta. Tu piuttosto dimmi a che punto siamo arrivati" e impassibile Stefano rilesse le ultime righe. E quindi Costanza proseguì nell'analisi aggiungendo "Ottimo. Allora proseguiamo con gli ultimi eventi di quel giorno. 11 luglio: ore 14.00 incontro fra me Aldo e Sergio. L'omicidio di Davide non è connesso agli studi sul Protoncogen, ma è avvenuto per ragioni personali. Io aggiungerei per ragioni passionali. Punto, fine del resoconto." Costanza accostò la piccola auto per trovare parcheggio in quelle vie anguste intorno a corso Lodi. "Siamo arrivati Stè. Aggiungi un altro punto a seguire. 11 luglio: ore 17.30 ricevo una mail da un indirizzo sconosciuto con lo stesso incipit della lettera anonima. Scrivi "Ci vuole Costanza…" non so chi me l'abbia mandata ma posso solo ipotizzare che è dello stesso autore della lettera e probabilmente è di chi mi vuole spaventare per farmi cedere. Non è importante a questo punto capire chi fa cosa, ma perché lo fa, e io credo di averlo capito".

La donna guardò fissa di fronte a sé con le mani appoggiate al volante e disse senza sbattere le ciglia "Stefano credo di aver capito che quel povero ragazzo fosse arrivato al limite della sopportazione di qualche cosa di grave. Lo sguardo che aveva quella mattina quando è venuto a ritirare il pacco in segreteria era di aiuto, quasi di supplica, ma io non l'ho capito subito. Credo che la Lo Savio lo ricattasse in cambio di prestazioni sessuali. Ma non di prestazioni sessuali comuni; credo proprio ci sia dietro qualcosa di grosso a cui il ragazzo non era più disposto a sottostare." Stefano non riuscì a proferire parola e fece per richiudere il quaderno, ma Costanza lo fermò e disse "Un'ultima cosa Stè devi segnare. Scrivi, il Saggio del Prof. Comucci "Etica di un omicidio" inizia con queste parole due punti: "Ci vuole costanza..." e credo che questo possa bastare per capire che quel verme è complice della Lo Savio e quindi è di certo invischiato nell'omicidio di 'sto povero ragazzo." Poi aggiunse in tono amaro, "ora solo Sergio ci potrà aiutare a far cadere i due nella loro stessa trappola. Ci ho parlato a lungo e, nonostante lui si sia trovato in mezzo a un giro di mazzette per coprire i traffici ormai noti, mi ha giurato che l'omicidio di quel ragazzo è stato inaspettato." I due amici non si guardarono negli occhi ma si presero per mano e fu come se si fossero detti che ormai non potevano fare altro che scoprire fino in fondo la verità. In quel momento videro Federica che si stava avviando verso la loro auto con passo deciso e con le braccia strette al petto come se in strada ci fosse una temperatura autunnale.

Capitolo 35

Federica aveva un modo di camminare tutto suo e il fascino che sprigionava ad ogni passo era tutto avvolto dal colore nero e da tutte le sfumature sensuali proprie solo di questo colore.

Costanza stava all'oro, come Federica stava al nero. Due donne che appartenevano a due bellezze diverse, ma la loro diversità le univa e le rendeva uniche. Col tempo la loro amicizia le aveva rese migliori, smussando le sfumature troppo nere dell'una e troppo oro dell'altra.

Il continuo confronto delle loro esperienze le aveva unite di amicizia profonda e Costanza sapeva che della sua amica spesso si poteva fidare più che di se stessa.

Federica si fermò di fronte alla Smart e fece cenno ai due di scendere, esprimendo con i suoi enormi occhi verdi scuri truccati di nero intenso che in tre sulla Smart avrebbero avuto poche chances di riuscire a starci. Costanza e Federica si abbracciarono intensamente e Stefano le diede un bacio di saluto, un po' intimidito perché Federica su di lui aveva l'effetto di una madre severa e questo glielo aveva già confessato tempo prima. "Federica m'inibisce, sai? Forse è perché non la conosco bene o forse perché non riesco a superare quella sua aura troppo cupa". Queste erano le parole che Stefano usava per definire la timidezza che affiorava in lui ogni volta che la incontrava. Non era la stessa cosa per Federica che adorava sia Stefano che Antonio, soprattutto perché sapeva che il loro affetto nei confronti di Costanza era sincero e questo a lei bastava.

"Beh cosa minchia dobbiamo fare? Non mi avrete fatto uscire di casa per stare come tre cazzoni a parlare sotto casa. Dove dobbiamo andare? Prendiamo la mia mini?" esordì Federica col suo modo un po' trash di esprimersi per sdrammatizzare. Atteggiamento che aveva acquisito da Costanza e che spesso le rimproverava.

Costanza sorrise riconoscendosi in quelle parole e esordì "Tata non ti agitare. Mettiamoci qui verso questo lato di Corso Lodi" e fece cenno di attraversare "ho appuntamento fra una decina di minuti con Sergio Laurenti", non fece in tempo a pronunciare il nome che subito Federica, rivolta a Stefano, sparò la sua "Ommioddio, mi serviva proprio stasera fare la conoscenza del coglione di turno!" Stefano a quelle parole e a quel modo sciolto di Federica rincarò la dose "Fede, la tua amica qui non la riconosco più. Non so più se pensa di essere diventata Eva Kant, Wonder Woman o Peppa Pig. Spero che sappia quello che fa perché ho come la sensazione che si stia ficcando in una marea di guai." Poi aggiunse come una bomba "Ma te l'ha detto che ha ricevuto una mail dove ci sono chiare parole di minaccia alla sua vita?" Federica fulminò con lo sguardo l'amica che con un battito di ciglia espresse tutto il suo dissenso nell'essersi invischiata in quella storia, quando lei più volte le aveva detto di seguire le istituzioni e di non fare come al solito di testa sua.

"Beh adesso basta!" Costanza sbottò e sentenziò "state calmi. Mi state facendo venire l'ansia al pronti via. Ora, se mi volete aiutare bene, altrimenti potete anche andare a farvi un giro. Io mi accendo una sigaretta e aspetto Sergio che, sarà anche l'ultimo dei coglioni, ma guarda caso è l'unico che mi può aiutare a incastrare il o i colpevoli dell'omicidio di Davide." Si accese la sigaretta e aggiunse con voce contratta e leggermente in falsetto "Stefano, se nel frattempo vuoi riassumere qui a Madama Doré quello che ti ho spiegato mi fai un piacere. Io sono già abbastanza agitata di mio. Non pensiate che mi diverta a fare questa pantomima, ma se non l'avete capito o incastriamo chi penso sia l'autore del delitto oppure la macchina indagatoria si è già messa in moto per trovare un capro espiatorio e guarda caso le corna sono le mie."

Costanza fumava nervosamente e non si rese conto se era la sigaretta di poco prima o un'altra appena accesa, si girò per dare la schiena ai suoi due amici che erano rimasti a guardarla senza riuscire a replicare ed in qualche modo il loro silenzio serviva d'approvazione alle sue parole finali.

Uno scooter accostò in quel momento sul lato opposto della strada. Era uno di quelli grossi, per Costanza tutti uguali; spesso scherzando diceva "quelli sugli scooter scorrazzano per le vie di Milano facendo i fighi, ma in realtà sembrano tutti seduti sulla tazza del cesso, ridicoli".

L'uomo sullo scooter si levò il casco e scosse la testa di ricci neri. Ormai erano quasi le undici di sera, ma la luce delle vie di quella zona e il chiarore della luna facevano distinguere molto bene le figure.

"Eccolo" disse Costanza ai due amici facendo segno col mento per indicare l'uomo che si era fermato in quel momento e stava scendendo dallo scooter. Federica prese il braccio di Stefano e gli sussurrò all'orecchio "La nostra amica però se li trova sempre tutti dei gran pezzi di fighi! Questo sarà pure un figl'e n' drocchia ma è comunque un bel vedere." Costanza fece finta di non sentire e alzò la mano per far cenno a Sergio di raggiungerli. Quando l'uomo arrivò a tiro gli disse "ma cazzo, proprio col motorino dovevi venire?" adesso siamo in quattro mi dici come ci muoviamo?" Sergio rispose serafico "Buonasera Costanza, mi presenti i tuoi amici? Poi ti spiego come ci sistemiamo, ma per tua conoscenza il mio motorino, come lo chiami tu, ha due posti" poi rivolgendosi a Federica e Stefano continuò "La vostra amica mi sembra leggermente tesa. Voi siete Federica e Stefano vero? Io mi chiamo Sergio e credo che sappiamo già tutti abbastanza per ora. Nonostante Costanza pensi che io non abbia minimamente idea di cosa sia il mio lavoro, in realtà ho già le idee molto chiare su cosa sia accaduto al Campus l'altra notte. Ho voluto che Costanza fosse messa al corrente del mio coinvolgimento nelle vicende del Protoncogen, perché volevo che si rendesse conto che l'omicidio di Davide non ha mai avuto nulla a che fare con gli esperimenti sul farmaco. Ho voluto inoltre che fosse testimone obiettiva di chi fosse il Professor Comucci. Però credetemi che la lista delle persone che hanno preso parte a tutta la vicenda Protoncogen è talmente lunga e tocca sfere talmente in alto che non verrà mai fuori nemmeno una virgola sulla vicenda. Questo è chiaro a tutti, no? Costanza è stata brava a reggere il gioco l'altro giorno, anche se non se ne è manco accorta." Sergio le sfiorò leggermente la spalla ma lei si scostò quasi istintivamente e l'uomo proseguì, rassegnato al disdegno di quella splendida creatura: "Quando Costanza mi ha chiamato spiegandomi la sua teoria sull'omicidio di Davide ho deciso di andarci a fondo. Sappiate, cari miei, che se in questo momento io non fossi qui ad aiutare Costanza lei sarebbe sicuramente accusata dell'omicidio di Davide Lanza perché tutto è stato costruito per farla apparire l'unica colpevole." Stava per continuare il suo discorso in tono professionale, quando Federica lo interruppe, chiedendo "ma, mi scusi Commissario, e il movente? E l'arma del delitto?" Il poliziotto replicò calmo "Federica, non mi dare del Lei, ti prego. Ecco, tu hai azzeccato esattamente i punti chiave dell'intera storia. È per questo che siamo qui questa sera." Poi si girò verso Costanza che aveva lo sguardo di un cerbiatto smarrito e disse "Ora vi spiego il piano che ho in mente e, se tutto va liscio, dovremmo stanare i due topi da laboratorio".

Capitolo 36

Dopo aver specificato che quell'operazione doveva rimanere segreta e, se mai fosse venuto fuori, anche in futuro, che lui come Commissario Capo della Polizia di Milano si era servito di cittadini comuni per l'identificazione di uno o più sospetti di omicidi, Sergio venne interrotto bruscamente da Costanza "Smettila di dire fregnacce Sergio e muoviamoci". E a quel punto tutti gli eventi si succedettero con una velocità tale che dopo ci volle molto tempo alla povera Costanza per rendersene conto appieno.

Sergio mise in moto lo scooter e diede in mano a Costanza il casco facendole segno di salire. Stefano prese le chiavi della Smart e Federica salì sbattendo la portiera in maniera esagerata.

I quattro si avviarono verso il Campus perché il piano di Sergio era di portare allo scoperto la Lo Savio e il Comucci con una semplice telefonata che Costanza doveva fare non appena arrivati. Secondo la sua esperienza anche la tempistica era importante.

***

Scesero dai due mezzi e Sergio finì di dare le indicazioni ai tre che ora avevano compiti ben precisi.

Il compito di Stefano era di controllare l'entrata del Campus, Federica doveva entrare alla reception e assicurarsi tramite i monitor che la visuale sul parcheggio fosse impedita alle guardie, distraendole, mentre Sergio e Costanza scivolavano dal piccolo cancelletto laterale, che era aperto nei mesi estivi per permettere al giardiniere di entrare a controllare il sistema d'irrigazione. Questa piccola falla nel sistema d'accesso al Campus, Costanza la conosceva bene perché tutte le mattine incrociava il giardiniere che indisturbato alle 7.30 se ne usciva senza richiudere per non disturbare le guardie che a quell'ora bevevano beatamente il caffè con la brioche. "Clac" fece il rumore del cancelletto nascosto dalle frasche, ma che rientrava comunque nella visuale dei monitor della reception. "Ok dai muoviti entra" disse Sergio e guarda che Federica non potrà distrarli a lungo i tuoi amici alla reception. Anzi corri verso sinistra al mio via e non ti fermare fino all'edificio 13. Io ti sto dietro." Le parole di Sergio la facevano avanzare come se non fosse lei a compiere quei movimenti. Per un istante ebbe la sensazione di vedersi compiere quelle azioni dall'esterno come se stesse guardando le immagini di un video. Con la coda dell'occhio vide, attraverso le vetrate lucide della reception illuminata, la figura nera di Federica che gesticolava intrattenendo le due guardie che sembravano inebetite davanti a quella donna che non avevano mai visto. "Fede, sei un mito". Pensò Costanza quando riuscì ad arrivare trafelata nella parte est dello stabile dove c'era il montacarichi che portava direttamente al terzo piano e all'ufficio di Aldo Comucci.

Quando i due arrivarono davanti alla porta del Professor Comucci, si guardarono negli occhi e Sergio le sussurrò a bassa voce "ora bisogna essere rapidi. Se Aldo ha del materiale fotografico che può incastrarlo, come dici tu, lo terrà verosimilmente anche qui nel suo studio e ora lo scopriremo. Costanza entrò per prima senza accendere la luce, perché la finestra dello studio del professore dava sul cortile interno e le guardie potevano accorgersi che era entrato qualcuno nel suo ufficio senza essere passato dai loro monitor. Costanza vide illuminarsi il cellulare che aveva messo in modalità silenzioso e, mentre sentiva ancora il respiro di Sergio, alle sue spalle avvertì un gran colpo alla nuca. "Cazzo" urlò e cadde andando a sbattere su quella che doveva essere la scrivania di Aldo. Non perse i sensi completamente, ma distinse dei chiari rumori di colluttazione in corridoio. Poi intravide dalla porta semi aperta Sergio che strattonava per la camicia azzurro avio Aldo. "Pensa, Costanza pensa…" ripeté nella sua mente e senza esitare si accovacciò sotto la scrivania. Prese il cellulare e inviò un messaggio a Stefano e a Federica. "Dove siete?" non fece in tempo a schiacciare invio che si sentì strattonare da sopra la scrivania. L'ultima cosa che percepì pienamente prima di perdere completamente i sensi fu l'odore di donna sporca, coperta di profumo di vecchia colonia, che le entrava nelle narici.

***

Quando si risvegliò in ospedale la prima cosa che percepì fu un forte bruciore alla gola e con la mano volle capire cosa era che la infastidiva. L'infermiera, girandosi verso di lei, le disse "Buongiorno Signorina Kress, come si sente questa mattina?" e poi aggiunse concitatamente "No no no non si tocchi, eh! Ha una grossa medicazione al collo. Ora vado ad avvertire le persone che sono qui fuori che si sta riprendendo, ma mi raccomando non tocchi nulla." A Costanza scese una lacrima e pensò che fosse andato tutto a puttane. "Che piano di merda... erano già lì ad aspettarci?" Si ricordò come un flash del dolore provato dai graffi di una tigre che sopra di lei nel buio della stanza le tirava i capelli e le strappava la pelle delle braccia. In un attimo rivide lo scintillio di quella lama piatta e appuntita che aveva sempre visto sulla scrivania del professor Comucci.

Capitolo 37

Fuori dalla stanza n°345 del Policlinico di Milano si stava creando una vera e propria folla di gente che gli infermieri con la Caposala del reparto di Chirurgia fecero allontanare, sbraitando e ciabattando per le corsie. Gli unici a poter entrare nella stanza furono il padre e la madre di Costanza. Il vecchio padre le accarezzò la testa, mentre la madre con le mani appoggiate alla sponda del letto le disse "Ecco brava! Sei contenta? Ancora un po' e ci fai morire di spavento". Costanza girò la testa verso il padre, sentendo un dolore atroce alla gola e qualche cosa che le tirava il collo e lo guardò come per supplicarlo. "Dai, Caterina lasciala in pace, non vedi che si è ripresa solo adesso?" e poi, piegandosi sempre più verso la figlia adorata, le sussurrò "Coco, la mamma si è preoccupata da morire. Sai che lei reagisce così quando si agita". Costanza fece cenno di sì col capo e poi prese la mano del padre che pendeva lungo la sponda del letto e la sentì fredda e per questo la strinse ancora di più, perché quella frescura e quella mano antica le fecero piacere. Poi con un filo di voce sussurrò "Papà, Stefano e Federica stanno bene?" non riuscì a trattenere la lacrima che le era scesa fino a bagnare il cuscino ruvido dell'ospedale. Il padre gliela asciugò e le rispose "Coco, stanno tutti bene, sono tutti salvi. Non hai capito, figlia mia, tu sei su tutti i giornali. Ieri sera tu e quel poliziotto…" esitò e chiese alla moglie "Caterina, com'è che si chiama?" Costanza mise la testa dritta e fece un cenno di sorriso. I suoi genitori erano sempre gli stessi. Rispose lei al padre al posto della madre "Sergio, papà si chiama Sergio, non è solo un poliziotto ma il Commissario Capo di Milano; ora dov'è?" si affrettò a chiedere. Sempre più incazzata la madre non si lasciò scappare questa risposta e disse "Quel maledetto ora è in questura a prendere le deposizioni dei tuoi amici e chissà cos'altro; ah sì, ha chiamato tuo padre sul cellulare e gli ha detto che viene nel pomeriggio, dopo la conferenza stampa". Il padre fece spallucce e continuò ad accarezzare la figlia e le disse con voce profonda che era diventata una donna stupenda e che era orgoglioso di lei.

Le lacrime scendevano sul volto di Costanza senza che lei se ne accorgesse e, quando vide la madre asciugarsi il naso, capì quanto avesse bisogno di abbracciarla, così disse piano "Dai Mami vieni qui, non fare la cretina pure tu, abbracciami forte". Le due donne abbracciate piansero tutti i pianti che avevano trattenuto negli anni, le lacrime di entrambe si confusero fra i loro capelli e tutto si quietò in quel profondo bisogno di abbandono.

Entrò in stanza un'infermiera che, vedendo le due avvinghiate e singhiozzanti sul letto e il padre con gli occhi rossi, volendo sdrammatizzare la situazione disse "Oddio ma cos'è qui, la trasmissione di Maria de Filippi?". Aveva l'accento sudamericano e un culo enorme. A quelle parole la madre di Costanza si staccò dalla faccia della figlia e si sentì profondamente in imbarazzo, o almeno così sembrò perché chiese un fazzoletto al marito, e disse schiarendosi bene la voce "No no si figuri stavamo andando via." Costanza pensò che per quanto uno potesse sforzarsi, la realtà sarebbe sempre e comunque stata come quell'infermiera: la realtà era squallida.

I due vecchi uscirono quasi scusandosi e in stanza Costanza rimase sola con quella sudamericana culona e maleducata che la strattonava da tutte le parti per sistemarle il letto come se al suo posto ci fosse una bambola.

Dopo averla sistemata, o meglio maltrattata, per due minuti, l'infermiera se ne andò e Costanza rimase sola a chiedersi che cazzo le era successo; ancora nessuno glielo aveva detto e le prese un momento di agitazione. Tanto che i monitor a cui era attaccata cominciarono a suonare; l'infermiera rientrò sbuffando e con una siringa schiaffò qualche sostanza direttamente nella flebo a cui Costanza era attaccata. Poi uscì dicendo qualcosa tipo "così la regina del giorno si dà una calmata". Rimasta sola a fissare il soffitto, Costanza si assopì e fra i continui incubi non si rese conto quanto tempo era passato; pigiò con la mano sinistra il campanello rosso, notando che aveva le braccia completamente avvolte nelle bende; fino a quel momento non aveva avuto ancora percezione del suo corpo. "Che cazzo le era successo?" pensò e suonò per la seconda volta. A quel punto entrò un infermiere con la divisa azzurra e la faccia allampanata. "Bella Signora, mi dica, cosa succede?" il ragazzo poteva avere poco meno di trent'anni e aveva l'atteggiamento di un primario che entra in ambulatorio a visitare una paziente solvente nel suo ambulatorio privato. Lei gli fece cenno di abbassarsi e disse, a denti stretti per il dolore che sentiva alla gola, "Ascolta bene stronzetto, ho bisogno di parlare con il tuo primario e con il Commissario Capo Sergio Laurenti" sentì un male cane ma continuò "Voglio sapere che cazzo mi è successo, da quanto sono qui e per quanto né avrò. O ti muovi o ti strappo la lingua a morsi. Prima a te e poi a quella culona della tua collega." Il ragazzo si scostò immediatamente e disse stizzito "Signora Kress ora si calmi. Le chiamo il medico e magari le faccio dare un sedativo". Poi fece per uscire e a Costanza, sforzandosi al massimo, le sembrò di urlare a squarcia gola "Non ho bisogno di un altro sedativo. Stronzo! Voglio parlare con qualcuno che mi dica che cazzo è successo e cosa cazzo mi è successo. Punto!" In quell'istante vide entrare Sergio con un mazzo enorme di fiori.

Adesso il viso di Costanza era completamente inondato dalle lacrime.

Capitolo 38

"Ehi Costanza bella, che fai piangi?" Sergio si abbassò sul
suo volto pieno di lacrime e muco e la baciò sulla bocca,
impiastrata e piena di saliva. "Sei un po' malconcia e ci è
mancato poco, ma tu sei una combattente."

Poi cambiò tono e divenne più serio, le prese la mano
sul cui dorso era stato posizionato l'accesso venoso per
le flebo e le raccontò tutto quello che era successo "Non
ti ricordi nulla? Quando sei entrata ieri sera a luci spente
nell'ufficio del Comucci, quella stronza della Lo Savio era
nascosta dietro la scaffalatura a sinistra della scrivania.
Federica ti ha mandato un messaggio, perché un ragazzo
della reception, mentre bevevano un caffè, le ha racconta-
to per caso che quella sera era in corso il solito festino fra
un certo professore, la vecchia puzzona e qualche povero
ragazzo malcapitato." Fece una pausa e disse sorridendo
"sapevi che da anni la Lo Savio è soprannominata così?"
Costanza scosse la testa e lui le disse "Non cercare di fare
le tue solite battutine! Sta di fatto che era tempo che i due
si scambiavano favori "particolari". La Lo Savio procu-
rava le prede, solitamente dei bei maschietti freschi freschi al vecchio e aitante professore." Costanza corrucciò
il volto e chiese a Sergio di darle un bicchier d'acqua e,
dopo averne bevuto un sorso, fece cenno con la mano di
continuare il racconto. "Alla stronza arrivavano i contratti
di tutti i possibili borsisti neolaureandi, li selezionava in
base a caratteristiche fisiche, bisogni economici e carattere; ordinava tutto in un file con tanto di foto allegate e, se
era di gradimento al Professore, cominciava il lavoro di

manipolazione, intimidazione e ricatto per ottenere prestazioni sessuali al limite della pelle d'oca.

Giovani vite col sogno di diventare ricercatori, cadevano
nelle mani di due animali perversi. Cara mia, ti dico solo che abbiamo trovato fotografie di almeno una decina
di ragazzi che per anni hanno subito le peggiori depra-
vazioni sessuali. Ora, alcuni li stiamo rintracciando, altri sono spariti nel nulla e, pensa, due li abbiamo trovati presso delle case di cura per disagi psichici. Nessuno
di questi ragazzi ha mai denunciato 'sti due maledetti e
questo proprio non lo capisco." Sergio si fermò nel racconto, si era spostato verso la finestra e teneva i pugni
serrati, poi esplose girandosi verso il letto dove Costanza
giaceva senza dire nulla "cazzo, ma ti rendi conto che il
Professor Comucci ha dei figli dell'età di questi ragazzi!
Altro che corruzione per il Protoncogen, questo è un mostro! e se non ci fossi stata tu probabilmente sarebbe stato
in grado di continuare imperterrito. Ovviamente succede
quasi sempre che in questi traffici qualche cosa prima o
poi si inceppi, ma i due sono stati bravi, credimi, agiva-
no indisturbati da anni e probabilmente anche chi sapeva
si è guardato bene dal denunciare o dal far venire fuori
la cosa. Un po' come succede nelle famiglie, tutti sanno,
ma nessuno dice niente". Costanza lo fermò dicendogli
"Sergio continua, ti prego, non divagare. Spiegami che
cazzo è successo dopo che siamo entrati in quel maledetto
studio." Sergio era diventato come un bambino quando
deve riassumere un fatto importante e comincia a muoversi e a toccarsi i capelli e poi a sedersi e poi a rialzarsi e
proseguì "Sì sì, scusa. Allora dove ero rimasto? Ah nulla,
stava filando tutto liscio fino a quando il professore non

si è invaghito di una preda impossibile. Di te, Costanza." Costanza alzò gli occhi al cielo e Sergio non capì se per l'ultima sua affermazione o perché aveva cominciato la frase con il solito "nulla", ma proseguì. "Eri diventata la sua ossessione e il povero Davide, essendo una delle ultime vittime delle continue sevizie sessuali da parte dei due, l'aveva capito. Ma tu non rientravi nei loro standard. La Lo Savio non sapeva come farti cedere ed era messa sotto pressione quasi giornalmente dal bel Professore, di cui peraltro la donna è follemente innamorata da almeno dieci anni e per il quale farebbe di tutto. Del resto ora andrà diretta in prigione per lui. Comunque, il caso ha voluto che la sera del 9 luglio Davide, ignaro di essere raggiunto dai due suoi predatori in quel freddo laboratorio, stesse sistemando i registri dove l'ultimo foglio riportava il tuo nome come responsabile del ritiro di quell'ultimo pacco con il materiale sottoposto agli esperimenti sul Protoncogen, che lui avrebbe poi dovuto classificare. Il professor Comucci era andato in laboratorio, portando con sé la posta del giorno ed il suo tagliacarte perché, da sua dichiarazione "quel giorno non l'aveva ancora smistata e poi sarebbe potuto servire per qualche giochino sessuale con il bel ragazzino." Per quanto ne sappiamo e dalla versione incerta dei due, che si accusano l'un l'altro, quella sera avrebbero voluto fare il solito lavoretto "pulito": lui seviziava, legava e si divertiva con il ragazzo e lei scattava foto e poi facevano cambio. Credimi, se vedessi quelle foto non riusciresti nemmeno a pensare che si possano fare delle cose del genere". Tirò un sospiro e fece un commento estemporaneo "Poveri ragazzi, si sono trovati ad assecondare due vecchi maiali che sguazzavano in un sistema di omertà" poi disse "insomma queste cose verranno fuori nel tempo e credimi c'è talmente tanto materiale che per ora i miei colleghi non sanno nemmeno da dove cominciare." Costanza a quel punto urlò quasi, sentendo un male insostenibile "Cazzo Sergio dimmi cosa è successo in quello studio ieri sera. Ti è difficile o sei entrato nella terza dimensione?" Sergio arrossì, si scusò per l'ennesima volta e disse "Sì, sì, tornando a noi e per fartela breve la Lo Savio ti ha aggredito col tagliacarte del Comucci, proprio come è successo quella sera al povero Davide, solo che questa volta non ha preso bene la mira perché era al buio ed il tagliacarte non ti ha nemmeno sfiorato la giugulare. Se senti male è perché ci ha provato ma ti ha solo ferito leggermente la parte esterna della trachea." Costanza sembrò estraniarsi dal discorso di Sergio e cominciò a vagare nei suoi pensieri. Udì solo di sfuggita Sergio che diceva "Beh certo che anch'io quella faccia di cazzo che mi ha assalito da dietro l'ho messo ko in un secondo. E poi meno male che Stefano ha chiamato i miei colleghi in centrale, non vedendoci rientrare in tempi brevi. Diciamo pure che Fede e Stè sono stati tempestivi nel chiedere aiuto. Li abbiamo incastrati, bella mia. I due hanno confessato tutto. Non sei contenta?" Costanza si accorse che il Commissario tutto d'un pezzo e che si era fatto pure corrompere come un coglione, stava usando l'espressione del suo amico Stè, l'aveva chiamata 'Bella mia'. "Che coglione" pensò e disse "Ora Sergio, capisco non sia facile dopo solo poche ore fare un resoconto dettagliato degli eventi e magari degli elementi devono ancora venire a galla, ma scusa, la pagina del registro che fine ha fatto? Avete capito chi l'ha presa? E poi 'sto cazzo di biglietto col mio nome in mano di Davide l'ha messo la Lo Savio, lasciandoci tanto di sbaffate nere di smalto per incolpare me o l'ha preso lui in un atto estremo per far capire a me che da quelle tracce di smalto si sarebbe potuto risalire all'aggressore?" Sergio aveva la bocca leggermente aperta e non ebbe pronta la risposta, quindi Costanza aggiunse schifata "Vabbè Sergio, lascia stare, magari ne riparliamo."

***

Sergio cercò di capire l'espressione di Costanza che risultò indecifrabile e finì il discorso "Ora Costanza è tutto finito. Tu sei riuscita a smascherare i colpevoli e ci sono addirittura i genitori di Davide che in televisione non fanno altro che parlare di te e non solo loro. Capisci, uscita di qui, tutti i programmi t'inviteranno per parlare del caso. Tutte le reti non faranno altro che parlare dell'eroina nazionale, che con Sergio Laurenti è riuscita a sventare..." Costanza lo interruppe e disse "Sergio va via. Basta. Vattene..." Lui la guardò, ma lei aveva il viso rivolto verso la finestra e in quell'istante lui capì di aver perso l'unica donna che avrebbe potuto veramente amare. "Forse in un'altra vita forse in un altro mondo." Disse l'uomo con la mano già appoggiata alla maniglia della porta. Aggiunse solo "Addio" e se ne uscì.

Rimasta sola, Costanza cercò di prendere il cellulare e a fatica se lo tirò davanti al viso e a due mani cercò di leggere i messaggi rimasti in memoria di quelle ultime orrende ore che aveva passato. Decise di non accendere la televisione per almeno un paio di settimane. "Piuttosto gioco a Mahjong per farmi passare le giornate; m'immagino solo quante puttanate staranno dicendo nei vari talk show, dove magari invitano anche la figa rifatta di turno". Costanza pensò anche che doveva chiedere a suo padre di portarle la settimana enigmistica.

Passarono lunghe ore in cui non entrò nessuno nella stanza e Costanza ormai si era assopita. La destò solo il suono del cellulare. Erano due messaggi, uno di Fede e l'altro di Antonio e Stefano. Dopo averli letti si mise a ridere con un tale gusto che per poco non si dovette tenere la ferita alla gola. Infine esclamò "Che cretini!", pensò, "quei tre, nei momenti peggiori, dicono delle stupidate talmente intelligenti da riuscire a far ridere anche un cadavere. Poi compose il numero di casa Kress e attese la voce calda del padre. Quando sentì il padre con la voce rotta dalla vecchiaia dirle "Coco tesorino, come stai? Hai bisogno di qualche cosa? Io e tua madre veniamo per le sei, prima non ci fanno entrare. Sai no, come sono negli ospedali?". Costanza rispose un laconico "Ok a dopo papi."

Da quel momento in poi Costanza era certa che la sua vita avrebbe preso una piega del tutto diversa.

Ringraziamenti

Ringrazio innanzitutto le persone che da sempre hanno voluto credere in me e che mi hanno da sempre sostenuto anche in questa avventura da scrittrice improbabile.

Per prima ringrazio la mia amica e confidente, la Dottoressa Iliade Lombardi che con la sua sola presenza e il suo costante aiuto mi ha fatto crescere ed ha contribuito a cambiare parte del mio modo di pensare e agire. Iliade è stata la prima a leggere le prime pagine di questo manoscritto e mi ha pregato di non mollare.

Ringrazio in egual modo il Dottor Giulio Tosti che, soprattutto in questi ultimi anni di amicizia, mi ha aperto la mente a nuove esperienze ed è stato un costante ed utile consigliere durante tutto l'intero svolgimento del mio lavoro.

Ringrazio Rudi Vannini, senza la cui ironia mi sarei arenata più volte non solo nei capitoli del libro ma anche nella vita. Ringrazio Sergio Cattadori che portandomi in montagna mi ha fatto capire che anche io posso arrivare fino in cima alle cose. Ringrazio il mio amico di sempre Fabio Signorelli che ha sopportato sempre i miei momenti peggiori senza mai lamentarsi. Ringrazio il mio maestro di tennis Luca Pola che un giorno mi ha detto che arrivati ad una certa età le cose bisogna farle solo per divertirsi.

Non in ultimo ringrazio mia sorella per cui provo un amore immenso, che fin da quando ero piccola mi ha fatto credere di non essere mai sufficientemente intelligente e mai sufficientemente in grado di essere perfetta come lei, perché poi col tempo mi ha svelato un grande segreto: siamo solo due persone totalmente diverse.

Infine, ringrazio tutti quelli che non hanno mai creduto nelle mie potenzialità e che hanno sempre cercato di sottovalutarmi e che non hanno mai voluto amarmi veramente, perché sono stati proprio loro a darmi la forza per andare avanti e dimostrare loro il contrario.

Indice